B.-P. Liegener

Wege

Abwegige Gedanken in wegsamen Geschichten

© 2020 Bernd-Peter Liegener

Umschlagsgestaltung B.-P.Liegener

Verlag und Druck: tredition GmbH,

Halenreihe 40-44, 22359 Hamburg

ISBN

Paperback: 978-3-347-17933-2

Hardcover: 978-3-347-17934-9

e-Book: 978-3-347-17935-6

Inhaltsverzeichnis

Für alle Wegweiser und Wegbegleiter

Vorwort

So unterschiedlich die Geschichtchen und Geschichten dieses kleinen Bandes sind, so haben sie doch ein gemeinsames Thema. Man ahnt es bereits: Es geht um Wege. Wege müssen alle gehen. Wege, die überhaupt erst einmal gefunden werden müssen, Wege, die sich trennen oder treffen, auseinander- und zusammenlaufen. Auch auf die bekanntlich unergründlichen Wege nichtmenschlicher Entitäten wird ein ungewohnter Blick geworfen. Manch Weg ist eher unwegsam. Gefahren und Gefährten machen es schwerer oder leichter einen Weg zuende zu gehen und letztlich sein Ziel zu erreichen. Auch davon, etwas im Leben zu ändern, sich auf einen anderen Weg einzulassen, wird die Rede sein, und schließlich setzen wir uns der Gefahr aus, uns auf bedrohliche Irrwege zu begeben. Liebe Leseraugen, macht euch auf den Weg!

Der Italiener

Mein junges Alter hatte er mir natürlich sofort angesehen, die Unerfahrenheit daraus gefolgert und
meine Unsicherheit gespürt. Trotzdem: Er war der
Rettungssanitäter und ich der Arzt. Er hatte das Kind
mit den unklaren Bauchschmerzen in die Rettungs-
stelle gebracht, wir hatten eine korrekte Übergabe
durchgeführt und ich war nun für alles Weitere ver-
antwortlich. Soweit ich wusste, hatte ich auch alles
richtig gemacht: Ausführliche Anamnese, dabei den
Vater beruhigt, eingehende körperliche Untersuchung, Fiebermessung oral und rektal, Urinprobe,
Blutabnahme. Eigentlich dachte ich, dass der Junge
sich nur vor einer Klassenarbeit oder etwas Ähnlichem drücken wollte. Er wirkte einfach zu gesund für
seine leidende Miene, irgendwie stimmte etwas
nicht. Trotzdem nahm ich ihn ernst. Ein Versuch von
Professionalität, obwohl ich mir gar nicht sicher war,
ob das Arztsein wirklich meine eigentliche Profession
war. „Wir werden jetzt erst einmal die Ergebnisse der
Labortests abwarten, dann sehen wir weiter", erläu-

terte ich Vater und Sohn mit einem befestigenden Ni-cken. „Wollen Sie nicht eine Abdomen-Sonografie machen?", fragte der Krankentransporter. Was tat er überhaupt noch hier? Er hätte längst auf dem Weg zu seinem nächsten Patienten sein können, meinet-wegen auch zur Pause. Ich wurde etwas ärgerlich. Wenn ich wirklich Rat bräuchte, könnte ich ja jeder-zeit den Oberarzt hinzuziehen, da war ich keines-wegs auf ihn angewiesen. Andererseits hatte ich mir angewöhnt, auf erfahrene Krankenschwestern und Pfleger zu hören, statt auf mein anstudiertes Wissen hinzuweisen und auf meine Stellung als fachlicher Vorgesetzter zu pochen. Dadurch hatte ich nicht nur viel gelernt, sondern auch das Verhältnis zwischen mir und dem Pflegepersonal war entspannt und ver-trauensvoll geworden. Das bescherte mir wiederum manch ruhige Nacht im Stationsdienst, während mein eher besserwisserischer und stets auf Konfron-tation bedachter Kollege wegen jeder Kleinigkeit aus dem Bett geklingelt wurde, die eigentlich auch die Nachtschwester hätte entscheiden können. Warum sollte ich also nicht auf diesen Sanitäter hören?

Längst hätte er weg gewesen sein können, aber immer noch stand er da und hielt mit besorgtem Gesicht die Hand des kleinen Patienten. Entgegen meiner ersten Empfindung ging es ihm augenscheinlich nicht darum, mich als inkompetenten Grünspan hinzustellen, sondern darum, den Jungen gut versorgt zu wissen. Um seinen Patienten ging es. Er schien richtig in seinem Beruf aufzugehen und dafür bewunderte, ja beneidete ich ihn beinahe ein bisschen. „Gut", antwortete ich also nach einem kurzen Schattensprung und, nun wieder zum Vater gewandt: „Ja, ich werde nun noch eine Ultraschalluntersuchung durchführen." Und zum Sohn: „Jetzt wird es gleich etwas kalt auf dem Bauch, und dann schauen wir mal, was da drin so los ist, ja?" Es war nichts los in seinem Bauch. „Alles normal." Die Untersuchung war unnötig gewesen wie vermutet. Trotzdem fühlten sich alle besser: Der Sanitäter, der Vater, ich, und sogar der kleine Schmerzpatient. Ich wischte noch die letzten Reste des Ultraschallgels von dem schlanken Bäuchlein, als eine Schwester hereinkam. „Sprechen Sie nicht Italienisch, Herr Doktor? Da draußen auf dem Gang steht jemand, der sich nicht zurechtfindet. Ich kann ihn nicht verstehen, aber ich denke, er ist Italiener." Tatsächlich hatte ich vor dem Medizinstudium überlegt Sprachen zu studieren, und vor jedem schweren Examen hatte ich erwogen, doch noch einmal meine Laufbahn in diese andere Richtung zu lenken. Was mir bisher eher wie ein verschrobenes Hobby vorgekommen war, da ich kaum mal ins Ausland verreiste, zeigte sich jetzt als nützliche Fähigkeit. „Ja, ein bisschen", antwortete ich, und ein wenig fühlte es sich an, als sei meine ins Wackeln geratene ärztliche Souveränität durch diese zusätzliche und unerwartete Kompetenz wieder stabilisiert worden. Ich nickte dem Vater zu, der nun auf die Laborergebnisse warten würde, ich gab dem jetzt zufriedenen Sanitäter mit der Hand ein kurzes Zeichen des Einvernehmens und des Abschieds und folgte der Schwester aus dem Untersuchungszimmer.

Ein wenig deplatziert wirkte er schon, dieser Italiener. Sein unaufdringlich eleganter grauer Nadelstreifenanzug mit der schicken, beinahe ein wenig zu gelben Krawatte bildete einen Kontrast zur nüchternen, funktionalen, ja kahlen Schlichtheit des Krankenhausflurs. Sein eher fortgeschrittenes Alter, die aufrechte Haltung und der konservativ unmodische Schnitt seiner grauen, vollen Haare passten nicht recht in dieses moderne Gebäude, sondern schienen eher in einen alten Backsteinbau zu gehören. Gleichzeitig ließen die funkelnden, beweglichen, wenn auch etwas hilflosen Augen die Leblosigkeit dieses sterilen, langweiligen Ganges deutlicher hervortreten, als ich sie je wahrgenommen hatte. Mit ausgestreckter Hand und einem freundlichen „Buon giorno, Signore" ging ich auf ihn zu. Er erwiderte meinen Gruß mit einem erleichterten „Dottore!". Gleichzeitig ergriff er meine Hand und während er sie freudig schüttelte, stammelte er: „No speak-eh English very good-eh". „No problem", antwortete ich spontan auf Englisch, wie man das eben tut, wenn jemand einen in dieser Sprache anredet. Gleich besann ich mich aber, dass er ja eben nicht gut Englisch sprach und wechselte ins Italienische. Ich erklärte ihm, dass ich ein wenig seine Sprache spräche und fragte, wie ich ihm helfen könne. Seine Augen leuchteten auf und sein ganzes Gesicht wurde zum Spiegel glücklicher

Freude. Wie schwierig es sei, sich hier zurecht zu finden, dass er fast schon aufgegeben hätte, jemals seinen Weg zu finden, was für ein Glück er habe, mich getroffen zu haben. Schon, dass er es überhaupt geschafft hätte, hierher in dieses Haus zu gelangen sei ebenso erstaunlich wie erfreulich aber jetzt sei ich ja da. „Che fortuna!" Es freute mich natürlich sehr, dass er sich so über mich freute, und ebenso sehr, dass ich zumindest fast alles verstanden hatte, was er in einer schier endlosen Flut von wohlklingenden Worten über seine Fährnisse berichtet hatte.

„Schön", sagte ich, aber wie könne ich ihm denn jetzt helfen? Ich könne ihm helfen, entgegnete er, und dafür wäre er auch sehr dankbar, seinen Weg zu finden. Es sei so schwierig hier in diesem fremden Land, dessen Sprache er ja nicht spreche, und jetzt wisse er nicht, wo er entlang gehen müsse. Diesen Gang entlang, oder jenen, und all die Buchstaben, Zahlen und Pfeile die an den Türen und fast allen Ecken des Ganges, an den Fahrstühlen und Treppenhäusern angebracht waren, seien auch keinerlei Hilfe für ihn, da er sie nicht verstehe. Gerne, meinte ich, würde ich ihm den Weg weisen, aber wo wolle er denn eigentlich hin. Ja, das sei schwierig, sagte er, vielleicht verstehe ich ihn auch nicht so recht, aber all die Abteilungen, die dort angeschrieben standen, die sagten ihm eigentlich gar nichts und so recht wisse er deshalb nicht, wohin er gehen müsse. Er hätte nie etwas für Krankenhäuser übriggehabt, aber nun war alles viel schlimmer, als er sich das von außen vorgestellt habe. Jetzt sei er zwar hier drinnen, aber finde seinen Weg nicht. Glücklicherweise sei ich jetzt da, denn ich sei ja Arzt und kenne mich im Krankenhaus aus. Ich könne ihm sagen, wohin er gehen müsse.

Warum konnte er nur nicht zum Punkt kommen? Tatsächlich war er mir sehr sympathisch in seiner offenen, lebendigen und zugewandten Art. Ob er einen Termin habe und bei wem, ob er einen Namen habe, damit ich ihm weiterhelfen könne. Ja, einen Namen habe er, Salvatore Camino sei sein Name, kein seltener Name in Italien, zumindest nicht in der Gegend, aus der er komme. Er habe seinen Namen immer sehr schön gefunden, auch wenn andere ihn verlacht hätten. Was an seinem Namen denn so lustig gewesen sei, fragte ich ihn, und gerne hätte ich mir auf meine vorschnelle Zunge gebissen, denn das führte uns ja wahrlich nicht weiter. Aber tatsächlich fand ich den Namen seltsam passend, da ich dachte, das Italienische Wort camino bedeute Weg. Ich hatte mich aber geirrt, denn anders als im Spanischen heißt das Italienische camino einfach nur Kamin und folglich hörte ich mir jetzt eine ganze Weile an, wie man ihm früher gesagt habe, er sehe aus wie ein Schornsteinfeger, seine Seele sei ja auch so schwarz, er solle sich verziehen wie eine Rauchwolke, glühe wie die Asche in der Feuerstelle, wenn er mal rot werde und noch viel anderes, was ich nicht alles so recht verstand. Sein Sprachfluss wurde nämlich nicht langsamer, als er sich an diese alten Zeiten erinnerte. Als ich ihm noch mein Missverständnis erklärte, musste er lachen und meinte, dass wir uns dann jetzt aber langsam mal auf den Weg machen sollten. Tatsächlich hatten wir jetzt schon eine geraume Weile in dem trostlosen Flur herumgestanden, und so konnte es wirklich nicht schaden, ein wenig in Bewegung zu kommen. Am besten in Richtung Altbau, denn dort befand sich der Haupteingang mit dem Pförtner. Vielleicht, so dachte ich, könnte der uns ja weiterhelfen, wenn er wenigstens den Namen des vermeintlichen Patienten, vielleicht aber auch Angehörigen oder was auch immer hätte. Vielleicht könnte seine Gegenwart aber auch irgendein erhellendes Schriftstück aus der Tasche meines Wegsuchers zaubern. Falls sich aber mein neuer Bekannter – und dieser Gedanke nahm nach und nach mehr Platz in meinem Bild des alten Italieners ein – in einem irgendwie gearteten Verwirrungszustand befinden sollte, könnte er auch Erkundigungen über eventuelle polizeiliche Personensuchmeldungen einholen, gegebenenfalls sogar einen Transport in eine psychiatrische Klinik organisieren.

Während wir langsam den Gang entlang schlenderten, startete ich einen letzten Versuch. Ob er denn krank sei, wollte ich wissen, denn wenn ich seine Krankheit kennte, könnte ich auch sagen, in welche Abteilung er müsse. Nein, krank sei er nicht. Eigentlich sei er auch noch nie krank gewesen und deshalb auch noch nie in einem Krankenhaus. Da habe er mir ja schon erzählt. Aber jetzt, wo er nun einmal hierhergekommen sei, sei er sehr froh, dass ich ihm helfen werde, sich zurecht zu finden und ihm seinen Weg zu zeigen. „Wohin? Den Weg wohin?", wollte ich ihn anschreien. Man muss doch wissen, wohin man will, wenn man einen Weg sucht! Aber das hätte sicherlich keinen Sinn gehabt. Wieder hätte er zwar irgendetwas erwidert, eine echte Antwort hätte ich aber wohl nicht bekommen. Also konnte ich unseren gemeinsamen Spaziergang auch nutzen, um mir ein besseres Bild über seinen Geisteszustand zu machen. War er orientiert? Seinen Namen kannte er, dass er im Krankenhaus war, wusste er auch. „Wo wohnen Sie hier in Berlin?" Im Zweifelsfall konnte man eine vernünftige Antwort nutzen um ihn nachher in ein Taxi mit der richtigen Adresse zu setzen. Nein, er wohne nicht in Berlin. Er sei Italiener und wohne an der Riviera. In dritter Reihe vom Strand. Das Meer könne er von seinem Balkon nur seitlich sehen, aber morgens sei er in fünf Minuten im Wasser, wenn er vor dem Frühstück etwas schwimmen wolle. Ob ich ihn nicht einmal besuchen wolle?

Wir waren inzwischen im Altbau angelangt, und mit einem Mal hatte ich das Gefühl, hier passe er hin. Die Luft, die Atmosphäre, die Aura, die diese alten Mauern ausstrahlten, schienen ihn zu beleben, immer leichter und beschwingter wurde sein Schritt, immer jugendlicher schien der alte Mann, immer zeitgemäßer sein Outfit. Wann immer ich in den letzten Wochen durch diesen Altbaugang mit den hohen Fenstern und den kleinen Relieftafeln an den Wänden gegangen war, hatte er mich an meine Schule erinnert. So fragte ich, mehr aus einer vagen Idee heraus, als um irgendeine verwertbare Auskunft zu bekommen: „Sind Sie Lehrer?" Nein, antwortete er auf seine ausweichende Art, er sei Rentner. Wer ein Lehrer sei, könne man übrigens manchmal schwer erkennen. Er selbst habe viele gehabt, könne sich aber nicht an alle erinnern. Und ob wir an diesem Treppenhaus hier vorbeigehen oder doch lieber eine Etage hinaufsteigen sollten. Die Antwort war einfach: Die Pförtnerloge war im Erdgeschoss, also mussten wir hinunter gehen. „Oh", sagte mein Begleiter mit enttäuschter Stimme, „ich dachte, mein Weg würde nach oben führen." Es fiepte penetrant über meinem

Herzen. Der Pieper in meiner Kitteltasche ließ das nervige Rufsignal ertönen. „Die Aufnahme", sagte ich nach einem kurzen Blick auf mein Marterwerkzeug. Ich müsse da jetzt dringend hin, bäte ihn aber, auf mich zu warten. Er nickte lächelnd, während ich den Gang zurückhastete.

Die Laborwerte waren unauffällig. Obwohl inzwischen auch die Mutter eingetroffen war, bat ich die Eltern erst einmal hinaus, versuchte zunächst, das Vertrauen meines kleinen Patienten zu gewinnen und tastete mich vorsichtig in sein psychisches Erleben vor. Tatsächlich war sowohl der Auslöser als auch das dahinterliegende schulische Problem bald identifiziert und wir entwickelten erste Lösungsansätze. Im darauffolgenden Elterngespräch gelang es mir, eine vorwurfsfreie Atmosphäre herzustellen und den Plan für ein schrittweises Vorgehen zu erarbeiten. Vermutlich wäre zu irgendeinem Zeitpunkt auch eine kinderpsychotherapeutische Behandlung sinnvoll, aber für den Moment war die ganze Familie erleichtert, zufrieden und hoffnungsvoll. Als sie gemeinsam glücklich und zumindest relativ gesund die

Notaufnahme verließen überkam mich ein ungewohntes Gefühl des in mir Ruhens und ich spürte, dass ich nun endlich wusste, wo es mit meiner ärztlichen Entwicklung hingehen sollte. Weniger zufrieden war mein Oberarzt, der mich gleich darauf in sein Zimmer riefen ließ. „Jetzt haben Sie sich fast eine Stunde mit diesem kleinen Simulanten beschäftigt. Also wirklich! Wenn Sie in diesem Tempo arbeiten, werden Sie es als Arzt nicht weit bringen. Ich weiß, heute haben Sie Feierabend, aber morgen sollten sie sich etwas mehr beeilen. Wenn nicht, – nun – Sie müssen wissen, was Sie wollen!" – „Ja", dachte ich, „ja, das weiß ich jetzt."

Eine Stunde! Ob mein italienischer Freund noch auf mich wartete? Mit jetzt eigentlich auch schon nicht mehr nötiger Eile lief ich durch die kahlen Flure in den Altbautrakt. Im Treppenhaus war niemand. Eine Etage höher saßen auf der ungemütlichen Holzbank zwei junge Männer. Einer normal gekleidet, Sneakers, Jeans und locker sitzender Pulli, der andere im Morgenmantel, an den Füßen Pantoffel und mit einem Infusionsständer neben der Lehne. Ein Patient im Gespräch mit seinem Besuch. Nein, meinen Italiener hatten sie nicht gesehen. Ich suchte alle Gänge ab, den gesamten Altbau. Ein paar Kollegen, einige Schwestern, Patienten. Ein Krankenhaus halt. Von dem alten Herrn im grauen Anzug wusste niemand etwas. Auch der Pförtner konnte mir nicht weiterhelfen. Im ganzen Haus gab es keinen Patienten mit dem Namen Camino. Es war, als hätte es ihn nie gegeben. Selbst die Schwester, die mich wegen meiner Italienischkenntnisse angesprochen hatte, konnte sich im Nachhinein nicht so recht an ihn erinnern.

Jetzt war all das viele Jahre her und ich stand mit einem Sektglas in der Hand in der großen, majestätischen Aula des ehrwürdigen Backsteinbaus. Mit ernstem Blick schauten die ehemaligen Direktoren der Universitätsklinik aus ihren Reliefportraits auf mich herab. Das halbe Krankenhaus war zu meiner Ernennung zum Chefarzt der Psychosomatik und zum neuen Klinikleiter erschienen. Auch der Dekan der Universität und sogar der Bürgermeister hatten es sich nicht nehmen lassen, dem Festakt beizuwohnen. „Es ist bewundernswert, Herr Professor", schloss die Verwaltungsleiterin ihre kurze Laudatio ab, „wie sie es geschafft haben, diesen beschwerlichen Weg zu gehen, und dazu gratulieren wir alle Ihnen von Herzen!" Lächelnd reichte sie mir das Mikrophon. „Der Weg", erklärte ich, nachdem ich mir einen kleinen Kloß aus dem Hals geräuspert hatte, „der Weg ist nicht wirklich das Problem. Die große Schwierigkeit liegt darin herauszufinden, wohin man eigentlich will."

Biographische Anamnese

„Ein Sohn, -17", notierte er in seiner exakten, klaren Schrift. In der Psychotherapie steht, das versteht sich von selbst, immer der Patient im Mittelpunkt. Das Alter aller Personen, die im Verlauf der Therapie eine Rolle spielen könnten wird daher immer in Relation zum Patientenalter betrachtet. „Als Sie Ihr Kind bekamen, waren Sie also noch nicht volljährig. Sie gingen noch zur Schule, oder?" Sie nickte stumm und er ließ die Stille etwas arbeiten. Zeit lassen, um Gedanken und Gefühle nicht an der Entwicklung zu hindern. Zeit, die er nutzte, um seine Patientin zu betrachten. Er hatte gelernt, „Klient" zu sagen, wenn er „Patient" meinte, aber zu denken erlaubte er sich weiterhin „Patient". Diese attraktive Frau war keine Kundin, die Wohlbefinden oder Gesundheit bei ihm einkaufte, sondern sie litt an Problemen, bei deren Lösung er ihr helfen sollte und würde. Diese Formulierung klang arrogant, aber er wusste, dass er gut war. Wegen seines jungen Alters waren manche Patienten am Anfang etwas irritiert, aber das gab sich immer schnell, und bis jetzt hatte er jede Therapie erfolgreich abschließen können. Seine Augen waren unbemerkt nach links gewandert, wo die orange-grüne Maske eines thailändischen Schauspielers hing, wo aber auch die erinnerten Gedanken ihren Sitz hatten. Er lenkte sie zurück auf sein Gegenüber. Ein überaus angenehmer Anblick. Es war nicht nur die elegante Kleidung, die gepflegten, zarten Hände und das ebenmäßig gefällige Gesicht. Vielleicht war es ihr Geruch? Seine Nasenflügel begannen sich leicht zu heben, als er einen sanften Luftstrom bis in sein Hirn ziehen ließ. Ja, vielleicht. Aber nein, es waren ihre Augen. Dieses sanfte Strahlen, diese innerliche Vertrautheit, die in ihm aufstieg, als er in ihre Augen blickte. „Ich musste ihn weggeben. Tatsächlich habe ich ihn nie wieder gesehen". Ihre sanfte, unsicher-leise Stimme schreckte ihn zurück in das therapeutische Setting. „Nie wieder?" Durch die Spiegelung ihrer Worte regte er sie an, sich über die Bedeutung dieses Umstandes für ihr Leben klar zu werden. Sie nahm sich die angebotene Zeit. Während der Stille versuchte er ein wenig in sein Inneres zu lauschen. Oft verrieten ihm seine eigenen Emotionen etwas über die Gefühle der Patienten. Gegenübertragung nannte man das. Er lauschte. Ein leichtes Kribbeln bewegte sich irgendwo im hinteren Teil seiner Speiseröhre nach oben. Ein ganz sachtes Drücken hinter seinen Augäpfeln, ein deutlicherer Druck im Kehlkopf. Etwas wollte hinaus, aber es konnte nicht. Er hielt es fest. Mit den Muskeln seiner Stimmorgane, mit den Sehnen seines Nackens, mit der Kraft des ganzen Körpers. Erstaunt schaute er auf die Abdrücke der Fingernägel in seinen jetzt schweißigen Handflächen. Sollte sich in seiner Patientin wirklich so viel unterdrückte Wut angestaut haben? Er schaute in ihre beinahe magisch vertraut wirkenden Augen. Über dem Unterlid begann sich langsam ein feuchtes Schimmern auszubreiten. Routiniert reichte er ihr die bereitliegende Packung Papiertaschentücher. Und schon fielen die ersten Tränen von den zarten Wimpern. Er hatte schon viele Tränen gesehen. Freudentränen und natürlich Tränen der Wut. Aber hier handelte es sich nicht um wütend hervorgepresste Zornestränen. Kein stakkato-artiges trotziges Aufseufzen, sondern ein kraftloses Zusammensacken, wieder und wieder wehrlos erschüttert von passivem Schluchzen. Das war echte und reine Trauer. Es fiel ihm schwerer sich abzugrenzen, als er das je in einer Therapie erlebt hatte, und diesmal schaute er bewusst auf die wütende Maske an der Wand, auf ihren schreiend-stummen weit geöffneten Mund, nur um sie nicht anzusehen, und um nicht mitweinen zu müssen. Denn eine tiefe Traurigkeit verbreitete sich kloßartig in seiner Kehle und ließ ihn schwer schlucken. Woher nur war seine Wut gekommen? Er dachte zurück an seine eigene Lehranalyse, in der er gelernt hatte sein Therapieinstrument, seine eigene Psyche besser kennen zu lernen. Wut war damals immer wieder ein Thema gewesen. Wut auf seine Pflegeeltern, die ihm seine Adoption über Jahre versucht hatten zu verschweigen, obwohl er früh etwas gespürt und später alles herausbekommen hatte. Zorn auf seine echte Mutter, von der er nur erfahren hatte, dass sie sehr jung war und dass es keinen Vater für ihr Kind gab. Fauchender Ärger über die Fruchtlosigkeit der Suche nach seinen Wurzeln, gescheitert an Bürokratie, festen Regeln und Unverständnis der Mitmenschen. Wahrscheinlich war er genau so ein „-17-Waise" wie der Sohn der

Patientin, und wahrscheinlich hatte dieser Sohn genau so ein wütendes Leben geführt wie er selbst. Er versuchte sich wieder auf seine Patientin zu fokussieren, die sich noch einmal schnäuzte und dann langsam und zögerlich zu sprechen begann. Sie erzählte von ihrer Hilflosigkeit, ihrer Resignation, natürlich ihrer Trauer. Je weniger Tränen flossen, desto flüssiger wurde ihre Erzählung. Von kraftlosen Versuchen, ihren Sohn wieder zu finden erzählte sie, von Beziehungen, die gescheitert waren an ihrer Sehnsucht nach ihrem Kind, von Kinderwunsch, unterdrückt durch die Angst vor einem weiteren Verlust. Immer mehr sackte sie in sich zusammen und als sie aufhörte zu sprechen, spürte er ihren Schmerz. Er musste an einen kariösen Zahn denken. Ausgehöhlt von tiefem bohrenden Schmerz. Und er war der Zahnarzt, der die Fäulnis beseitigen und den Zahn wieder füllen sollte. Diese fast klinisch nüchterne Assoziation war natürlich nur seine Abwehr. Am liebsten hätte er sie in den Arm genommen, oder sich vielleicht auch von ihr in den Arm nehmen lassen. Aber das verbot ihm natürlich die therapeutische Abstinenz. Viele Details ihres Lebensberichtes hatten ihn in Unruhe versetzt, und jetzt stellte er eine eher un-gewöhnliche Frage: „Wissen Sie noch, an welchem Tag Ihr Sohn geboren wurde?" „Ja, das weiß ich noch genau. Es war am vierten Juli. Das ist der Ame-rikanische Unabhängigkeitstag, da hat mein Sohn den schützenden Mutterleib verlassen. Wie die Eng-lischen Siedler, verstehen Sie? Vielleicht etwas ko-misch, aber ich mag schräge Assoziationen, wissen Sie?" Ja, das kannte er. „Es tut mir leid, aber ich fürchte, ich kann sie nicht behandeln. Sie werden sich einen anderen Therapeuten suchen müssen", sagte er mit sachlich kühler Therapeutenstimme. „Aber warum denn?" Ihr vom Weinen gerötetes Ge-sicht verlor schlagartig alle Farbe. „Ich dachte, dass Sie...., ja, ich dachte sogar, dass wir…" Sie brachte den Satz nicht zu Ende. Zu groß war die Enttäu-schung, vielleicht zu groß vorher ihre Erwartung. Al-les hatte sich so nach Geborgenheit angefühlt. „Wis-sen Sie", sagte er nun viel wärmer, „es ist nur die therapeutische Beziehung, die wir beenden müs-sen,…" Seine inzwischen wieder trocken kühle Hand legte sich auf ihren tröstend warmen Unterarm und seine Augen begannen sanft zu strahlen. „…Mutter!"

Erde

Langsam hatte sie es satt! Am Anfang war sie so stolz gewesen, zufrieden, ja glücklich. Sie kannte keinen anderen Planeten, der es geschafft hätte, etwas ähnliches aus seiner Oberfläche zu machen. Manchmal hatte sie das Gefühl, ihr kleiner Trabant, der Mond, schaue blass vor Neid auf sie herunter. Es war ihr gelungen, ihre Haut zu bepflanzen. Aus winzigen Organismen hatte sie Algen, Moose, Farne, ja Bäume gezogen. Natürlich hatte ihr die Sonne dabei geholfen. Die Sonne! Wie dankbar sie ihr war! Seit Planetengedenken kreiste sie um diesen wunderbaren Stern. Genau genommen zog sie ihre immer wieder gleichen elliptischen Bahnen um das Zentrum ihres Universums. Sie genoss es, sich von allen Seiten von ihrer wärmenden Energie bestrahlen zu lassen, drehte sich vor Freude im Kreis herum wie eine kindliche Ballerina, die ihrer Mutter von allen Seiten ihren hübschen Körper zeigen wollte. Und hübsch war sie geworden, die Erde. Bevor sie überhaupt noch einen Gedanken an Bepflanzung entwickelt hatte, war sie schon einer der ansehnlichsten Planeten der gesamten Milchstraße gewesen. Das Gesicht hatte sie zu Grimmassen verzogen, sich runzelnde Falten erarbeitet, an ihrer Haut gerissen, Gebirge aufgeworfen, Kontinentalplatten verschoben, Wasser von Erde getrennt und elegant in Form gebracht. Und dann die Atmosphäre! Da waren natürlich schon die ersten Mikroorganismen im Spiel und die Kraft der Sonne. Aber auch sie hatte mit ihrer eigenen inneren Hitze dazu beigetragen. Wie viel Energie sie für ihre Entwicklung hergegeben hatte! Manchmal merkte sie schon, dass ihr die alte Wärme fehlte. Natürlich war ihre Körperkerntemperatur nie geringer geworden. Aber außen, an der Oberfläche, da spürte sie schon die Kälte des Alters. Und genau an der Oberfläche war sie auch sensibel. Wie gut ihr das doch alles tat. Die ersten Winde, die über ihre Berge und Meere strichen. Die Auflockerung und das Durchlüften ihrer Haut durch die ersten Pflanzen. Dann der Zug der Wurzeln großer Bäume in der bewegten Luft. Und schließlich das Kribbeln und Krabbeln der vielen Tiere, die auf ihr herumliefen, krochen, trotteten und trampelten.

Trampelten. Sie musste an die Saurier denken. Die trampelten wirklich fürchterlich. Immer größer waren sie geworden, immer mächtiger und immer mehr. Sie schienen die ganze Welt beherrschen zu wollen, es nicht abwarten zu können, wie sie selbst ihre Natur langsam und stetig weiterentwickelte. Sie wuchsen und wuchsen, sie trampelten auf ihrer Haut herum und – viel schlimmer – sie verwandelten die grüne Vielfalt der Pflanzenwelt, das Haar der Erde, in hässliche Haufen von Exkrementen. Haufen beinahe so groß wie die Tiere und in täglich wachsender riesiger Menge. Und selbst wenn ihr der Gestank der Verdauungsgase egal gewesen wäre: schließlich bedrohten sie die Atmosphäre. Ihre Atmosphäre, die Grundlage ihrer gesamten Oberflächenpflege. Die Saurier waren wie Läuse in ihrem Pelz geworden. Tatsächlich fühlte sie sich manchmal wie eines der unzählbaren kleinen Tiere auf ihrer Haut. Sie richtete sich in ihrer ganzen Organisation nach der Wiederholung des Großen im Kleinen. Wer sich die kleinen Wellen ihrer Wüsten anschaute, wusste was gemeint war. Kaum ein paar Zentimeter hintereinander riffelten sie den

Sand in ein gleichmäßiges Muster. Sie fügten sich zusammen zu größeren Bodenwellen, die man gut von einem höheren Standpunkt beobachten konnte, und wölbten sich schließlich zu mächtigen Dünen, immer nach dem gleichen Muster. Welle nach Welle. Wie im Meer. Wie in jedem Baum, dessen Äste sich verzweigen wie die Adern seiner Blätter, wie überall. Deshalb war auch sie, die große Erde, wie so ein Tier, auf dessen Haut sich kleinere Lebewesen tummelten, mit denen es in gesunder Symbiose lebt. In dessen Därmen zahllose Bakterien hausten, die ihm beim Verdauen halfen. Der Darm war gewissermaßen ihre innere Oberfläche. Aber manchmal wurden solche Hautbewohner lästig. Parasiten, die nicht wussten, das Gleichgewicht zu wahren. Nicht nur ungebetene Gäste, sondern verhasste Fremdkörper. Und jetzt drohten diese sich ungehemmt ausbreitenden und wachsenden Saurier, ihr inneres Gleichgewicht zu zerstören. Wie sie es genau erreicht hatte sie loszuwerden, wusste sie nicht mehr, es war ja auch schon ziemlich lange her, aber dass sie es geschafft hatte, wusste sie noch, und recht schnell war es auch gegangen. Sie musste schmunzeln und ein

Erdbeben erschütterte den westlichen Rand des südlichen Nordamerika.

Und dann waren diese Menschen gekommen. Zuerst waren sie ihr ganz lustig erschienen. Endlich mal etwas Neues auf ihrer Oberfläche. Sie bauten ihre eigenen Behausungen, die anders aussahen als alles, was sie je gesehen hatte. Von Termiten kannte sie so etwas, aber eben viel kleiner, viel seltener auch. Es waren schon sehr viele Termiten für so einen Bau notwendig und so konnte sie die Zahl der Hügel mühelos an den Buchten ihrer Meere abzählen. Aber dann benahmen sie sich wie die Saurier. Nicht, dass sie übermäßig gewachsen wären, aber sie vermehrten sich. Erst langsam, dann immer schneller. Auch sie schienen irgendwann die ganze Welt beherrschen zu wollen. Natürlich hatte sie schnell ihre bewehrten Steuermechanismen eingesetzt. Hier und da eine kleine Sintflut, Vulkanausbrüche und natürlich immer wieder Seuchen. Seuchen waren ihr besonderer Liebling in der Ungezieververtilgung. Parasiten bekämpfte man am besten mit Parasiten. Mit ungewünschten Bakterien hatte sie die größten Erfolge. Das mit der Pest war damals ziemlich gut gelungen. Aber für die Menschen hatte sie sich etwas noch Besseres, eigentlich Einzigartiges ausgedacht. Vorgewarnt durch die frechen Riesenreptilien von damals hatte sie schon lange bevor die Gefahr augenfällig wurde den Krieg ersonnen. Wenn man diese neue Säugetierrasse dazu brachte einander zu töten, sollte es doch gelingen, ihre Verbreitung ausreichend einzudämmen. So hatte sie es geschafft, der Menschheit ein autoaggressives Verhalten in die Wiege zu legen. Das war auch über Jahrtausende gut gegangen, aber dennoch: Die Menschen wurden mehr! Die Gebäude, Straßen, schließlich Eisenbahnlinien und Autobahnen, die ihr anfangs noch als angenehme Strukturierung ihrer Oberfläche erschienen waren, wuchsen in geradezu atemberaubendem Tempo. Nun war das Atmen der Erde natürlich nicht mit dem irgendeines Lebewesens auf ihrer Haut vergleichbar. Am besten konnte man es an den Gezeiten spüren. Langsam, gleichmäßig, zuverlässig. Und ewig. Immer im selben Rhythmus. Nur selten nieste sie mal einen Tsunami über die Ufer ihrer Meere.

Jetzt seufzte sie eine kleine Sturmflut über die Küsten Nordeuropas.

Beinahe das schlimmste an den Menschen war, dass sie einen Verstand besaßen, dass sie begreifen konnten. Am Anfang ihrer Geschichte hatten sie das noch bewiesen, indem sie ihr, der Erde, den notwendigen Respekt erwiesen hatten. Früher, als sie sich zu größeren Gruppen zusammenschlossen, als sie Kulturen entwickelten, hatte man die Erde als Gottheit verehrt. Überall auf ihrer Oberfläche. Auch die Sonne hatte man angebetet. Das war ja auch richtig so, denn auch sie, die Erde, wusste, was dieser wunderbare Stern ihr alles geschenkt hatte. Eben alles! Aber dann war den Menschen das Verständnis für die Zusammenhänge abhandengekommen. Immer mehr Facetten ihrer irdischen Mutter wurden als eigenständige Identitäten in den Götterstatus erhoben, oder zumindest als göttliche Werkzeuge betrachtet. Das Meer, Wind, Regen und Blitze- ja, ihre geliebte Atmosphäre- die Bäume, Tiere und sogar Fabelwesen. Immer weiter entfernten sich die Religionen von der spürbaren Wahrheit. Phantasievorstellungen ersetzten die Wahrnehmung der realen Welt. Der Erde als Zentrum, als Mittelpunkt, die mit ihrer Schwerkraft dieses ganze Gekräuche und Gefleuche auf ihrer Oberfläche zusammenhielt. Die die Atmosphäre geschaffen hatte, die alles Leben ermöglichte. Ja, die Menschen nahmen sie nicht mehr wahr! Vereinzelt versuchte sie sich noch ins Bewusstsein ihrer Hautbewohner zurückzubringen, indem sie ein winziges bisschen ihres heißen Kernes durch einen Vulkan hervorrülpste. Ich bin noch warm, ich lebe noch, ich wärme euch, ich bin für euch da, ihr seid ein Teil von mir! Aber der Respekt blieb aus. Schlimmer noch, auch den Respekt für ihre Atmosphäre hatten diese neunmalklugen Säugetiere verloren. Wieder einmal waren Parasiten drauf und dran, diese für sie, aber doch auch für alle Bewohner ihrer Oberfläche genauso wichtige Atmosphäre zu zerstören. Sie musste etwas tun.

Leider schien sich die Entwicklung dieser kleinen fiesen Kreaturen ihrer Kontrolle zu entziehen. Dabei hatte sie sich so gefreut, als sie sich die Massenvernichtungswaffen ausgedacht hatten. Giftgas schien ihr ganz gut gelungen und erst die Atom- und Neutronenbomben! Die Entwicklung der biologischen Waffen hatte sie etwas gekränkt, denn das war ja eigentlich ihre eigene Erfindung gewesen. Aber auch hier: Diese winzigen, zähen Wesen waren nicht in ausreichendem Maß tot zu kriegen. Sie entwickelten Medikamente gegen ihre Krankheiten, sie entwickelten Immunitäten. Kaum hatte die Erde sich ein neues Bakterium oder schließlich sogar Virus gewissermaßen als Antibiotikum gegen den Menschenbefall erdacht, entwickelten diese unverschämten Menschlein Resistenzen. Selbst dieses letzte pfiffig ausgeklügelte Virus hatte letztlich versagt. Erst hatte die wunderbar pandemische Entwicklung zu starker Hoffnung Anlass gegeben, aber jetzt... langsam hatte sie es satt! Vielleicht würden die Menschen ja doch wie durch ein Wunder den Respekt vor der Erde zurückbekommen, vielleicht auch doch noch ihre Angst vor den Vernichtungswaffen verlieren. Sonst müsste sie doch noch einmal in ihre alte Trickkiste greifen. Sie grübelte. Wie war das noch damals mit den Sauriern? Ein Erdbeben erschütterte den westlichen Rand des südlichen Nordamerika. Die Erde begann sich zu erinnern.

Der Wald

Er war noch ganz klein gewesen, als sie ihn geraubt hatten. Den ganzen Wurf hatten sie aus der Nestkammer gestohlen. Acht junge Goldhamster hatten sie entführt und in einem lärmenden Auto mit unvorstellbarer Geschwindigkeit über unendliche Straßen bis in diesen Raum voller Käfige gebracht. Sie waren riesengroß, diese Menschen, und er hatte sich gefragt, was so große Tiere mit so kleinen Hamstern wie ihnen wollten. Man hatte ihnen zu essen gegeben. Leckere Körner von verschiedenen, auch unbekannten Ähren. Klares Wasser hatte es zu trinken gegeben, all die Monate. Weil sie nicht aus ihrem Gefängnis herausgelassen wurden, mussten sie ihre Notdurft heimlich in einer Ecke des kleinen Geheges verrichten. Das eigene Nest beschmutzen. Das war aber nicht so schlimm, wie sie am Anfang gedacht hatten, denn jeden Morgen wurde der Dreck von den Menschen entfernt und es gab frisch duftende neue Pflanzenreste in dem vormals verdreckten Winkel. Überhaupt wurde der gesamte Boden jede Woche zweimal neu bestreut, sogar in ihrem kleinen Häuschen. Das Häuschen! Erst hatten sie sich sicher darin gefühlt, fast wie in einem richtigen Bau. Aber dann hatten die Menschen es plötzlich angehoben, einfach so. Schutzlos waren sie ihren Blicken und ihrem Griff ausgeliefert gewesen. Das erste Mal, als er in so einer Menschenhand beinahe verschwunden war hatte er gedacht, sein letztes Stündlein hätte geschlagen. Schon sah er sich in dem riesigen Maul landen. „Das lohnt doch gar nicht! Du wirst doch niemals satt von mir!" hatte er gerufen, doch der Mensch hatte ihn nicht verstanden. Verschlungen hatte er ihn jedoch auch nicht. Dann war sein Bruder von der riesigen Pranke gepackt worden. Auf den Hinterbeinen abgestützt, die Vorderpfoten auf dem Plastikrand seines Käfigs hatte er alles beobachten können. Sein Bruder wanderte von der riesigen Tatze in eine viel kleinere Hand, die Hand eines viel kleineren Menschen. Der wird von so einem wie uns vielleicht schon satt, dachte er, aber mehr hatte er nicht beobachten können, denn der kleine und die beiden großen Menschen verließen den Raum. Seinen Bruder hatte er nie wiedergesehen, aber nun war für ihn alles klar. Sie waren als Futter für Menschenjunge gedacht! Sie wurden gemästet mit dem besten Essen, das man sich nur denken konnte und ohne Bewegung nahmen sie auch tatsächlich schnell an Gewicht zu. Da hatte er den ersten Teil seiner Taktik entwickelt.

In ihrem Gehege gab es merkwürdiges Gerät. Es sah aus wie eine Art Leiter, die man zu einem Kreis gebogen und an die Wand gehängt hatte. Zum Befestigen hatte man an der Rückseite speichenartige Streben angebracht, in deren Mitte eine Art großer Schraube saß. Weshalb die Menschen dieses merkwürdige Rad dort festgemacht hatten, konnte er sich nicht erklären. Was sie vermutlich nicht wussten, war, dass es sich drehen ließ. Nachts, als wie immer keine Menschen im Raum waren, hatte er vorsichtig eine seiner Pfoten auf eine der Leitersprossen gelegt und sie leicht hin und her bewegt. Dann die zweite, die dritte, schließlich stand er mit allen Vieren in dem seltsamen Rad. Vorsichtig versuchte er die Leiter hinaufzusteigen, Pfote nach Pfote. Aber immer, wenn er dachte, er käme damit höher, bewegte sich die Sprosse nach unten. Er probierte es weiter. Schritt, Nachgeben, Schritt, Nachgeben. Immer schneller. Er kam ins Gehen, er kam ins Laufen. Die Schraube quietschte, aber es war ja kein Mensch da, der es hätte hören können. Die Geschwister schon, aber nachts schlief ja eh kein Goldhamster. Auch sie probierten es aus, und alle hatten Spaß daran, in dieser Tretmühle vor sich hin zu rennen. Wenn das die Menschen gewusst hätten! Ab jetzt nahmen die Goldhamster nicht mehr so schnell zu, viel zu mager würden sie sein, selbst für kleine Menschenjunge. Außerdem hielten sie sich fit, denn- wer weiß- vielleicht würde sich ja doch einmal die Gelegenheit zur Flucht ergeben und dann würden sie laufen müssen. Schnell laufen und ausdauernd laufen! Er hatte aber noch einen anderen Plan als Teil seiner Taktik gefasst.

Als er wieder einmal aus dem Käfig gehoben wurde, verzog er das Gesicht, er fauchte und er sabberte ganz außergewöhnlich. Es wirkte fast wie Erbrochenes, was er da auf die Finger des Riesen spuckte. Er hatte sich in seinen Backentaschen einen Vorrat von zerbissenen Körnern, vermatscht mit Wasser und Speichel angelegt, den er dann hervorwürgte. Und tatsächlich: es funktionierte! Die kleinen Menschen verloren wohl den Appetit, wenn sie ihm so ins beschmadderte, verzerrte Gesicht schauten. Dass sie sich vor seinen gefletschten Zähnen fürchteten, nahm er eher nicht an. Jedenfalls wurde er immer wieder zurück in den Käfig gesetzt. Seine Geschwister hingegen verschwanden eins nach dem anderen, bis er ganz allein nachts durch das Laufrad tobte. Er war übriggeblieben und schließlich erwachsen geworden. Schon Monate war er jetzt hier in Gefangenschaft und er hatte Kontakt zu anderen Tieren in anderen Käfigen aufgenommen. Vögel gab es da, aber die schliefen nachts, wenn er wach war. Kaninchen, Schildkröten und Meerschweinchen. Am liebsten unterhielt er sich aber mit den Mäusen. Sie hatten sich hier im Laden vermehrt, Generation nach Generation. Das ging bei ihnen ziemlich schnell. Aber obwohl keine von ihnen jemals diesen Raum verlassen hatte, wussten sie viel von draußen zu berichten. Es war ihnen von ihren Eltern und Großeltern erzählt worden und sie berichteten es ihren Kindern weiter.

Mäuse hatten ein hervorragendes Gedächtnis. So lernte er alles über die Welt. Dass zwischen ihnen und seinem Geburtsfeld ein Wald lag zum Beispiel, auf welchen Wegen man ihn durchwandern konnte und welche Gefahren dort herrschten. Von den Erlebnissen ihrer Vorfahren ließ er sich berichten und von jahrzehntealten Mäusemythen, deren Wahrheitsgehalt er allerdings bezweifelte. Aber was half all dieses Wissen, wenn er nicht aus seinem Käfig kam.

Dann war alles ganz plötzlich geschehen! Er quietschte gerade voller Energie in seinem Rad herum, als sich die Tür des Raumes öffnete. Das war ungewöhnlich, denn nachts hatten Menschen hier nichts zu suchen. Und da waren gleich zwei von ihnen, ganz dunkel angezogene, große Menschen. Man sagt immer, alles, woran man sich aus seiner Kindheit als groß erinnert, werde viel kleiner, wenn man erwachsen wird. Das stimmte tatsächlich, was seinen Käfig, das Häuschen und das Laufrad anging. Bei Menschen stimmte es nicht! Immer noch waren sie riesig, und diese hier waren zusätzlich offensichtlich dumm. Anstatt das Licht anzumachen, fuchtelten sie mit Taschenlampen herum, anstatt den Schlüssel für die Kasse zu benutzen, stemmten sie diese mit einem kräftigen Eisenstab auf. Wussten sie nicht, dass sie sie damit kaputt machten? Die Kasse war leer, wie jede Nacht, aber auch das schienen sie nicht gewusst zu haben. Ärgerlich hieb einer der beiden mit seinem schweren Metallstab auf den Tresen und schmiss dabei seinen Käfig vom Tisch. Es war ein mächtig lautes Geräusch. Und was für ein Schreck für ihn! Auch die beiden Menschen schienen erschrocken zu sein und schnell verließen sie den Laden. Und der kleine Hamster, befreit aus seinem zerbrochenen Käfig, tat das auch. Er fiepte seinen Freunden, den Mäusen noch einmal zu und huschte ins Freie. In die Freiheit!

Wie froh war er jetzt, dass er alles über seinen Weg nach Hause gelernt hatte. Schnell war der Waldrand gefunden und er hatte beinahe schon das Gefühl, er könnte sein Heimatfeld riechen. Er spürte, da vorne, jenseits des Waldes, da war sein Zuhause. Nur – im

Wald waren die Eichhörnchen! Vieles hatte er von ihnen gehört. Wie sie mit spitzen Zähnen kleine Mäuse packten und in ihre Kobel zerrten. Dass sie sie zerfetzten und fraßen, dass sich ihr Fell vom Blut ihrer Opfer rostrot färbte. Mit ihrem langen, buschigen Schwanz fegten sie hinterher die Knochen aus ihrer Behausung, um sich wieselflink auf die Suche nach ihrer nächsten Beute zu machen. Aber er war größer als die meisten Mäuse, er war kräftig und flink und vor allem war er vorsichtig. Außerdem war er mutig, und einen anderen Weg als den durch den Wald gab es nun einmal sowieso nicht. Behutsam pirschte er zwischen den Wurzeln und Büschen hindurch, nicht zu schnell um kein unnötiges Rascheln zu verursachen. Offensichtlich hatte er den alten Mäusepfad gefunden, denn er kam schnell und problemlos vorwärts. Wenigstens bis zu der Lichtung, von der man ihm erzählt hatte. Hier war besondere Vorsicht geboten, denn auf so einer freien Fläche konnte man leicht von einem Eichhörnchen gesehen und gefangen werden. Also verharrte er lange unter dem letzten Strauch und suchte mit seinen Blicken den ganzen Weg ab, bis hinüber in das schützende Unterholz auf der anderen Seite. Dort, direkt vor dem ersten Baum, nur halb verdeckt von seinen untersten Zweigen, stand ein mächtiger Pilz. Ein appetitlicher Pilz, und an diesem Pilz stand aufgerichtet – eine Maus. Sie knabberte an seinem Rand herum, naschte von den leckeren Lamellen, hob kurz ihr freches Näschen, schnupperte mit zitternden Schnurrhaaren in die Luft und knabberte weiter. Wie leichtsinnig! Hatte man ihr denn gar nichts von den Gefahren des Waldes erzählt? Gerade wollte er zu ihr hinüberrufen, sie solle sich besser verstecken, als ein kräftiges Rauschen die Luft erfüllte. Wie aus dem Nichts knallte pfeilschnell eine wuchtige Gestalt in das kaum schützende Geäst, Blätter stieben auf, Federn flogen! Er war wie versteinert. Was war passiert? Erst, als der Bussard den Kopf hob, begriff er, was geschehen war. Seine Warnung war zu spät gekommen und dieser monströse Räuber hatte das Mäuschen geschlagen. Bevor er seine Beute in die Luft schleppte schaute der bösartige Raubvogel noch einmal um sich. Schnell, beinahe ruckartig drehte er seinen Kopf mit dem mächtigen Schnabel.

Seinen Kopf mit diesen kalten, gierigen Augen, die alles zu sehen schienen. Hatte er auch ihn entdeckt? Der Bussard spreizte seine weiten Flügel und schwang sich durch die Lichtung in den Himmel. Der Hamster schauderte. Kurz traf ihn noch einmal der eisige Blick des Jägers und ein kurzes Zwinkern mit der Nickhaut schien ihm sagen zu wollen: Ich bin noch nicht satt, ich komme wieder! Er konnte kaum glauben, dass das passiert war. Natürlich hatte er von diesen Bestien der Lüfte gehört, den Adlern, Falken, Habichten und eben Bussarden. Zuhause auf dem freien Feld, da waren sie als Gefahr bekannt, aber dass sie auch hier im Wald ihre Beute rissen, erschreckte ihn fürchterlich.

Er hatte jetzt seinen Mut verloren, eingetauscht gegen eine lähmende Angst. Warum war er nur in diesen verfluchten Wald gegangen? Aber es half nichts. Nach der Lichtung dürfte der Weg nicht mehr allzu lang sein, und zurückzulaufen wäre auch keine Möglichkeit gewesen. Wohin hätte er sich dort wenden sollen? Zurück zu den Hamsterfressern? Also vorwärts! Er nahm den Rest von dem was einmal Mut gewesen war zusammen und huschte über die freie Fläche. Wie gut, dass er trainiert hatte! Da war der Pilz, da der Baum, da der geschützte Weg unter dem Dach der Büsche. Geschafft! Erleichtert atmete er auf und sein kleines Herz begann wieder im normalen Rhythmus zu schlagen. Beinahe entspannt setzte er seinen Weg auf dem Mäusepfad fort. Vielleicht nicht mehr ganz so sicher, nicht mehr so souverän, nicht mehr ganz so leise. Ein kratzendes Geräusch aus der Richtung der kräftigen Kiefer vor ihm ließ ihn erstarren. Ein Eichhörnchen? Und tatsächlich: hinter dem Stamm des Baumes kam ein Gesicht zum Vorschein, mit lebendigen Knopfaugen und vielen spitzen Zähnen, dann ein geschmeidiger langgestreckter Körper mit einem langen Schwanz. Was für ein riesiges Tier! So richtig rötlich war es eigentlich nicht und so recht buschig wollte der Schwanz ihm auch nicht erscheinen. Nein, das war kein Eichhörnchen! Er wollte seinen eigenen Augen nicht trauen, aber das was ihn dort so gierig anstarrte, musste ein Marder sein. Marder hatte er eigentlich immer für Fabelwesen gehalten. Er erinnerte sich aus seinen frühen Kindertagen. Seine Eltern hatten ihnen davon erzählt um ihnen Angst zu machen, damit sie ja nicht alleine in den Wald gingen. Wenn diese Geschichten wahr gewesen waren, dann waren Marder schlimmer als die Eichhörnchen, von denen ihm die Mäuse erzählt hatten. Und offensichtlich waren sie wahr, denn jetzt bewegte sich dieses vermeintliche Fabelwesen mit selbstsicherem Grinsen und gefletschten Zähnen mit elegant geschlichenen Schritten auf ihn zu, während er in bewegungslosem Schreck verharrte.

Es war nur noch eine Frage von ein oder zwei Sekunden, bis ihn das gefräßige Monster gepackt hätte, als plötzlich ein buschiger, roter Schwanz vor dem Gesicht des Marders vorbeihuschte. Er und der Marder, beide gleichermaßen verdattert, schauten nach oben. Dort war nun tatsächlich ein Eichhörnchen. Roter Körper, weißer Bauch, kleine Haarbüschel an den Ohrenspitzen, groß zwar, aber nicht so riesig wie der Marder. Ja, das war ein echtes Eichhörnchen! Und als es jetzt den Stamm der Kiefer hinaufrannte, immer in spiralförmigen Kreisen, hetzte der Marder ihm natürlich hinterher. Das war eine fettere Beute als so ein kleiner Goldhamster! „Komm, Kleiner, krall dich an meinem Bauch fest", sagte eine sanfte Stimme hinter ihm. Da war ein zweites Eichhörnchen. Eine Eichhörnchendame, also gewissermaßen eine Eichkatze, und außerdem eine wirkliche Schönheit. „Ich bringe dich in Sicherheit, während der Marder meinen Mann verfolgt." Oh weh! Wollte sie ihn in ihren Kobel schleppen und er sollte ihr auch noch dabei helfen? Aber was sollte er tun? Weglaufen könnte er ihr ohnehin nicht mehr und schließlich- schließlich schienen diese Eichhörnchen ihm ja tatsächlich helfen zu wollen! Weiter oben in den Bäumen jagte der Marder den Eichkater von Ast zu Ast und ihm wurde recht bange. Also gut! Der Goldhamster griff in das weiße Bauchfell- wie weich das war- und schon ging es auch mit ihm in die Bäume. Den Stamm hinauf auf einen gefährlich wippenden Zweig, ein halsbrecherischer Sprung zum nächsten Baum, wieder auf dem nächsten Ast entlang und wieder an den nächsten Stamm. Ihm wurde schwindlig. Wie schafften es Eichhörnchen nur, sich so schnell und doch so sicher in dieser fürchterlichen Höhe zu bewegen? „Wie will dein Mann diesem Marder entkommen?" fragte er etwas verzagt, denn die beiden Tiere jagten sich noch immer durch die Baumkronen. „Nun, er ist schnell und behände, aber vielleicht gelingt es ihm auch dort oben…" Die Eichhörnchendame hatte es noch nicht ganz geschafft, den Satz zu Ende zu sprechen, als er auf einmal ein bekanntes, ein entsetzliches Geräusch hörte. Es rieselten Blätter, Nadeln und Baumrindenteile herab, langsam schwebte auch eine Feder auf den Boden. Oben verschwand mit langsam majestätischem Schwingenschlag der Bussard in der Ferne. In seinen Fängen hielt er ein längliches bräunliches Beutetier. Ein bisschen zuckte der Hamster schon zusammen, als er das leichte, fast flüchtige Kratzen an der Rinde des Baumes über sich hörte. Aber es war nur der Eichkater. Das Paar lächelte sich an. „Ich glaube, du kannst meinen Bauch langsam wieder loslassen", sagte die Dame, „du bist jetzt in Sicherheit." – „Oh ja, Entschuldigung", stammelte er, „aber wie…" – „Das ist ein alter Eichhorntrick", erklärte das männliche Hörnchen, „wenn sie im Jagdfieber sind, vergessen Marder die einfachsten Regeln. Und dazu zählt, sich nie in die Reichweite von Raubvögeln zu begeben."

Die beiden hatten den Goldhamster dann noch zum Waldrand gebracht. Überschwänglich hatte er sich bedankt, aber sie taten so, als sei es ganz normal, dass Tiere sich gegenseitig helfen. Als er alles später seiner Familie erzählte, wollte ihm keiner so recht glauben. „Aber die Mäuse haben uns immer erzählt, dass Eichhörnchen...", zweifelten sie. Die Mäuse! Ja, mit den Mäusen musste er mal ein ernstes Wort reden!

Das Buch

Sie würde wohl wieder umziehen. Für Anna bedeutete Umzug nicht unbedingt immer einen Wohnungs-
wechsel. Auch wenn sie den in den letzten Jahren
häufig genug vollzogen hatte. Sie sah sich in dem
angenehm hellen und gar nicht so kleinen Zimmer
um, in ihrem privaten Reich innerhalb ihrer mittler-
weile fünften oder sechsten Wohngemeinschaft. Ihr
spärliches Mobiliar war mit wenigen Handgriffen zer-
legbar, um es woanders wieder zusammenzuschrau-
ben, die paar Klamotten passten in ein oder zwei
Umzugskartons und das Regal bog sich auch nicht
gerade unter der Last ihrer Bücher. Ja, ein Umzug
war wirklich kein großer Aufwand. Aber es ging halt
nicht immer darum, woanders hin zu ziehen. Ein Umzug konnte auch ohne Ortswechsel erfolgen. Der
Wechsel konnte auch ihre innere Wohnung betref-
fen, ihren Freundeskreis, ihr Studium, ihren Job, vielleicht eine Änderung ihrer Ziele. Ihre Ziele! Wenn sie
doch wüsste, was eigentlich ihre Ziele waren. Anna
war eine Suchende. Wenn sie sich vorstellte, den
Weg ihres Lebens nachzuzeichnen, ergab sich eine

richtungslose Zickzacklinie. Der imaginäre Bleistift huschte einmal energisch mit dickem geraden Strich über das Papier ihrer Erinnerungen, dann wieder hielt er abrupt an, zeichnete willenlose Kreise und Kringel, danach eine zaghaft dünne abwärts gerichtete Kurve, vielleicht eine Parabel, ein paar Zacken nach oben wie ein sprunghaft steigender Börsenkurs und... Ja, dann kam der dicke rote Filzstift und das Fragezeichen. Anna seufzte. Wieder ließ sie ihren Blick über ihre Habseligkeiten wandern. Letztlich war ihr all das nichts wert, oft hatte sie den Großteil ihrer Einrichtung in einer alten Wohnung gelassen, der Nachmieterin geschenkt, oder wem auch immer. „Was soll ich mit dem ganzen Kram?" fragte sie sich und strich mit der Hand über die Rücken ihrer paar Bücher. Am Einband eines großen in Kunstleder gebundenen Jugendbuches blieb ihr Finger hängen. „Kenda das Dakotamädchen". Sie musste lächeln. Seit Jahren hatte sie nicht mehr in die alte Schwarte geschaut, seit Jahren war der Wälzer mit ihr umgezogen. Staub hatte er angesetzt und obwohl er immer wieder abgeputzt worden war, hatte er jenen Geruch angenommen, der manchmal in Bibliotheken hängt. In der Ecke mit den alten Bänden, von denen man sich immer fragt, ob die wirklich noch mal jemand liest. Ihr Mund lächelte weiter, doch die Augen verloren langsam ihren fröhlichen Glanz.

Wehmütig dachte sie zurück an die Zeit, als sie Kenda gelesen hatte. Am Anfang zurückhaltend, ja beinahe ängstlich, eingeschüchtert durch die Dicke des Buches, beeindruckt durch seine Größe und sein Gewicht. Hätte es damals schon so gerochen wie heute, hätte sie sich vermutlich niemals getraut, es auch nur anzulesen. Aber dann war sie mit den Augen in das Buch hineingekrochen, hatte sich in die Welt der Indianer begeben, hatte in Kenda eine Freundin gefunden, mehr, eine Blutsschwester, eine Seelenverwandte, eine Ratgeberin. Immer wieder, wenn sie nicht wusste, wie es in ihrem Leben weitergehen sollte, als die Eltern sich getrennt hatten, als ihr Körper begann sich zu ändern, als sie die Wechselbäder der Pubertät durchlebte, als alles durcheinander wirbelte, sie nicht mehr wusste wie sie die Erwartungen der Eltern, der Lehrer, der Freundinnen und – oh weh! – der Freunde mit ihren eigenen Vorstellungen in Einklang bringen sollte, also eigentlich

während der gesamten Zeit der ausklingenden Kindheit – immer hatte Kenda ihr geholfen. Nicht etwa so
wie es früher ihre Mutter getan hatte, und auch jetzt
noch ständig wieder Freunde versuchten. Mit Rat-
schlägen statt mit Verständnis. Mit destruktiver Kritik
von oben herab. Ohne Würdigung ihrer Individualität.
Nein, Kenda hatte mit ihr gemeinsam gelebt, zusammen hatten sie alle Sorgen durchgestanden. Wann
immer ein Problem Annas junges Rad des Lebens
zum Knirschen gebracht hatte, war in beinahe magi-
scher Weise eine ähnlich gelegene Schwierigkeit im
Indianerdorf aufgetaucht. Kenda hatte sie zu bewäl-
tigen gewusst, hatte ihr den richtigen Weg vorgelebt.
So war sie nicht nur immer wieder zur Retterin ihres
Stammes geworden, sondern auch zur weisen Be-
gleiterin ihrer Freundin in der Ferne, dort außerhalb
des Buches.

Es fühlte sich beinahe ein bisschen an wie ein
schlechtes Gewissen. So lange hatte sie sich in den
häufigen Situationen der Hilflosigkeit ihrer Jugend zu
dem Dakota-Mädchen geflüchtet, so viel Trost und
Rat hatte sie bei ihr erhalten, so sicher und wohl
hatte sie sich bei ihr gefühlt. Und dann – kein Kontakt

mehr, kein Blick ins Buch, nicht einmal ein Gedanke an das vertraute Indianerdorf. Der Band war mit ihr mitgezogen, weggegeben hatte sie ihn nie. Aber Kenda hatte sie einfach vergessen. Keine Frage: es ist normal, dass man nicht immer wieder in ein ausgelesenes Buch schaut, schon gar nicht als Erwachsene in ein Jugendbuch. Es ging ja auch nur um einen dicken Stapel bedruckten, inzwischen auch noch vergilbten Papiers, das von irgendeiner Maschine zwischen zwei kräftige Kunstlederdeckel gebunden worden war. Und schließlich war es Kenda selbst gewesen, die am Ende des Buches auf ihrem jungen Hengst Woksape das Dorf verlassen hatte, hinausgezogen war in die Prärien und Wälder Amerikas auf der Suche nach Abenteuern, vielleicht Weisheit und letztlich Erfüllung. Anna schloss die Augen, öffnete ihren Brustkorb und nahm einen tiefen Atemzug von staubiger Bibliotheksluft, vom Rauch des Lagerfeuers und von Erinnerung. „Ach, Kenda!" seufzte sie die Luft wieder aus ihren Lungen. In einem Anflug von Nostalgie setzte sie sich an ihren Schreibtisch, schaltete die Leselampe ein und schlug das Buch auf. Irgendwo in der Mitte, egal wo. Sie wollte einfach noch einmal mit ihrer alten Freundin zusammen sein, wollte noch einmal fühlen, was sie damals gefühlt hatte, sich zurückversetzen lassen in eine Zeit, die sie fast vergessen hatte, durch einen Ort, der eigentlich nie existiert hatte.

Sanft streichelte Kenda das grauschwarze Fell am Hals des alten Hengstes. „Ach, Woksa! Jetzt ist es so weit, oder?" Eine Dakota-Indianerin weinte nicht, wenn ihr Pferd starb. Aber eine Dakota war sie schon lange nicht mehr. Und Woksape war auch nicht einfach ein Reittier. Seine Weisheit hatte sie in all den Jahren durch die Welt getragen. Wie jedes Mal, wenn sie nicht richtig wusste, wie es weitergehen sollte, suchte sie Trost und Führung in seinen großen schwarzen Augen. Sie waren nicht mehr ganz so glänzend wie früher, aber genauso tief wie damals, als sich das zarte, dürre Fohlen in die Obhut des Indianermädchens begeben hatte. Natürlich weinte Kenda! All ihre Weisheit, all ihren Witz hatte sie in diesen dunklen Augen gefunden...

Das konnte nicht wahr sein! Woksape würde sterben? Der junge Hengst mit den klugen Augen, dem feurigen Wiehern und dem strahlend glänzenden, schwarzen Fell unter dessen leicht bläulichem Schimmer die kräftigen Muskeln seiner Flanken im Sonnenlicht spielten – er war alt und grau geworden? Woher sollte Kenda nun ihre einmaligen und oft rettenden Ideen bekommen? Sie war doch mit der Sicherheit in die Welt aufgebrochen, dass sie die Weisheit der Wanderin auf allen Wegen zur Verfügung haben würde. Und vor allem… wie kam dieser Text in das Buch? Sie schaute noch einmal auf den Titel: „Kenda das Dakotamädchen". Eindeutig, das war ihr altes Jugendbuch. Aber Kenda war am Schluss der Geschichte eine junge Frau mit einem gerade einmal zehn Jahre alten lebendigen Hengst. Wie konnte dann der alte Woksape in der Mitte des Buches im Sterben liegen. Sie kannte doch das Buch! Hatte sie etwa Illusionen? Sie musste weiterlesen!

Leise schnaubte das alte Tier. Es lag keine echte Traurigkeit in diesem Laut. Vielleicht etwas Müdes, aber auch Zufriedenes. Kenda spürte, wie sich die Seele ihres Gefährten langsam auflöste, wie sie aufging im sanften Wehen der Luft, in der Tiefe der Erde, in der Kraft der Sonne. Und dann schlossen sich langsam mit dem letzten Ausatmen die Lider über seinen erlöschenden Augen. Durch die unglaublich langen Wimpern ihres alten Freundes sprang ein letzter Weisheitsfunken auf sie über. Langsam stand die Indianerin auf, die Tränen hörten auf, ihre Sicht zu verschleiern. „Es gibt eine Weisheit der Wanderin", sagte sie zu sich selbst. „Sie wurde mit Woksape älter und mühsamer. Zuletzt lahmte sie und nun ist sie gestorben. Die Zeit der Wanderweisheit ist jetzt vorbei, ich werde nicht mehr weiterziehen. Ich bleibe, wo ich bin und warte, was auf mich zukommt."

Ein schrilles Klingeln riss Anna aus der Lektüre. Voller Schreck schlug sie das Buch zu. Das Geräusch war fast so laut wie diese schreckliche Türglocke. Im nächsten Moment wunderte sie sich. Warum war sie denn so erschrocken? Es war nämlich ganz und gar nicht ihre Gewohnheit Bücher so laut zuzuklappen. Das fühlte sich an, als schlage man eine Tür hinter sich zu, als schreie man dem Buch ins Gesicht: „Hau ab! Ich will dich nicht mehr lesen! Schluss, aus!" Und das wollte sie ja gar nicht. Im Gegenteil! Wieder die aufdringliche Klingel. Beinahe unwillig stand sie vom

Schreibtisch auf und trottete zur Wohnungstür. „Natürlich", dachte sie. „Der Pizzabote!" Eigentlich bestellte sie sich nie Pizza für zu Hause. Lieber bereitete sie sich ihr Essen selbst zu und schon gar nicht fand sie es gut, dass da ein Pizzabote fossile Energien in Umweltverschmutzung umwandelte um ihr das Abendessen in einem Einmalkarton zu bringen, der noch nicht einmal aus Recycling- Material gefertigt wurde. Und das gerade in dem Moment, als sie ihre alte naturverliebte Indianerfreundin in einer Stunde der tiefsten Trauer wiedergefunden hatte. Wer hätte da kein schlechtes Gewissen gehabt? Ganz versunken war sie gewesen in ihrem alten Buch. Wer wäre da nicht entsetzt hochgeschreckt bei dieser schrillen Rückkehr in die Realität? „Nun ja", sagte sie sich, „was kann der arme Bote dafür? Seien wir also freundlich zu dem guten Mann! – Oder Frau", fügte sie gerade noch hinzu, bevor sie die Tür öffnete.

„Hallo, hier ist Ihre Pizza, Frau, äh, sag mal, bist du nicht…" – „Carl! Was machst du denn hier? Das heißt, na klar, du bist der Pizzabote, aber ich meine…" Sie hatten sich lange nicht mehr gesehen.

Früher hatten sie einmal zusammen studiert, nur ziemlich kurz. Das war vor dem Umzug in ein anderes Studium. Sympathisch hatte sie ihn damals gefunden, aber etwas zu bieder, ja, beinahe schon spießig war er ihr vorgekommen. „Ein Pizzabote!" lachte sie. Das sollte nicht überheblich klingen oder spottend. Eher erleichtert. Er gehörte wohl doch nicht zum Establishment. Oder nicht mehr? „Ein Studienjob", entschuldigte er sich. „Ich habe noch mal ein Lehramtsstudium draufgesattelt." Immerhin ein Zweitstudium, das klang wenigstens nicht zu festgefahren. „Hast du nicht Lust, reinzukommen?" lud sie ihn ein, „Aber, ach ja, du musst ja arbeiten und so…"
– „Nein, nein, du bist meine letzte Bestellung für heute. Der Chef wundert sich zwar, wenn ich den Styroporkasten nicht zurückbringe, aber davon haben wir genug. Also- wenn du es ernst meinst: Ja, ich würde gerne bleiben." Und er blieb. Es wurde ein langer Abend und schließlich eine wunderbare Nacht. Noch nie hatte sie sich so geborgen gefühlt wie jetzt, als er sie im Arm hielt, noch nie so frei wie jetzt als sie sich gegenseitig von ihren Plänen und Träumen vorschwärmten, noch nie so gesehen wie jetzt beim

Blick in seine großen schwarzen und unendlich tiefen Pupillen.

Am nächsten Tag waren die Umzugspläne nur noch Erinnerung an gestern. Gestern, dieser unglaubliche Tag. Was war das nur gewesen mit dem Buch? Es war ja völlig unmöglich, aber hatte ihr Kenda nicht tatsächlich schon wieder den richtigen Weg gewiesen? Geträumt haben konnte sie das Ganze nicht, dafür war es zu wirklich. Ihre Finger zitterten leicht, als sie den alten Band wieder aufschlug. Irgendwo. Sie hatte ihr Handy dabei – falls sie sich selbst nicht glauben sollte, könnte sie einfach den unmöglichen wunderbaren Text fotografieren. Also, was stand da heute in ihrem Jugendbuch?

Der Wind flatterte durch ihr offenes schwarzes Haar, in das sich die ersten frechen grauen Fäden einge-schlichen hatten. Die Stute, die ihr Mann mitgebracht hatte, griff kräftig aus, so dass die Grassoden durch die flirrende Prärieluft spritzen. Was war sie für eine glückliche Frau! Das Pferd unter ihr war nur ein Pferd- Woksape und seine Weisheit würde sie ver-mutlich immer ein wenig vermissen. Aber sie hatte Carl gefunden. Eigentlich musste man sagen: Er hatte sie gefunden oder eher wiedergefunden, denn damals hatte sie ihn ja schon einmal gesehen, den dünnen Jungen auf dem Planwagen, der so sympathisch gelächelt hatte. Den Sohn der Siedler, dem aber ein anderer Weg vorgegeben war. Damals hatte sie den ganzen Treck vor einem Überfall der Oglala-Sioux bewahrt und allein um seines Lächelns Willen hätte sich das gelohnt. Wie hatte sie sich gewundert, als er dann mit seinem Planwagen genau zu dem Zeitpunkt wieder aufgetaucht war, als sie in tiefster Trauer den Kadaver ihres geliebten Woksape verbrannte. Sie hatte ihm in die Augen gesehen und dort eine neue Art von Weisheit entdeckt. Zusammen hatten sie das Haus gebaut und ein paar Felder angelegt. Sie ging auf die Jagd, sie ritt zum Vergnügen über die weiten Ebenen Nordamerikas, aber immer wieder kam sie zurück. Carl war wie ein Anker, in dessen Bewusstsein man sich unbekümmert treiben lassen kann, da man weiß, dass man nie verloren gehen kann. Auch heute jubelte Kendas Herz, als sie über die häusliche Schwelle trat und ihn mit einem Buch am Kamin sitzen sah. „Ich bin so glücklich mit ihm!" flüsterte sie und drehte sich halb nach hinten

um. Ein freches Lächeln stand in ihrem lebendigen
Gesicht. „Und du, Anna, wie geht es dir mit deinem
Carl?"

Epilog

„Dieses Buch ist viel zu dick! Es ist groß, es ist schwer und es riecht einfach muffig! Warum kann ich nicht ein neues Buch lesen, ein leichteres, kleines und dünnes? Wenn diese Kenda so toll ist, dass ich sie unbedingt kennen lernen soll, gibt es vielleicht ja auch ein Hörbuch oder sogar einen Film, den ich mir anschauen könnte." – „Nein, mein Kind, ich fürchte, all das gibt es nicht. Dieses Buch ist wirklich etwas ganz Besonderes. Einmal habe ich selbst versucht, eine Seite abzufotografieren. Tatsächlich war auf dem Bild etwas völlig anderes zu lesen, als im Original. Es hilft nichts: Wenn du Kenda kennenlernen willst, wirst du den Buchdeckel öffnen und dich hineinlesen müssen in ihr Indianerdorf." – „Ich will sie ja gar nicht kennenlernen! Du willst, dass ich sie kennenlerne!" – „Das stimmt. Weil ich denke, dass sie dir gefallen wird. Aber keine Sorge! Das muss nicht heute oder morgen sein. Vielleicht bist du auch einfach noch zu jung dafür. Eigentlich bin ich ganz froh, wenn ich das Buch noch ein bisschen für mich behalten kann. Ich schaue da nämlich gerne immer wieder hinein und besuche meine alte Freundin. Sie ist übrigens neugierig darauf, dich kennen zu lernen."

Anna nahm ihr altes Jugendbuch wieder mit aus dem Kinderzimmer. Sie versteckte es nicht allzu gründlich, denn sie wusste, dass die Neugier ihrer Tochter helfen würde, die Hemmschwelle des dicken Buches zu überwinden. Kenda hatte das neulich mit ihrer Cunksi ganz ähnlich gemacht.

Kehlkopf

„Der grüne Thaler" klang eigentlich eher nach einer gemütlichen, altmodischen Bauernschänke, als nach einem hochklassigen Edelrestaurant. Tatsächlich hatte und hätte er sich nie in dieses offensichtlich unanständig teure Restaurant begeben, wenn er nicht diese unerwartete und sonderbare Einladung bekommen hätte. Nicht, dass er es sich von seinem Chefarztgehalt nicht hätte leisten können, aber irgendwie schien es ihm unverhältnismäßig, so viel Geld für ein sei es auch noch so gutes Essen auszugeben. Vor allem, wenn man bedachte, wie viele Menschen auf der Erde tatsächlich noch immer Hunger zu leiden hatten. Natürlich wurden diese Leute auch nicht satter, wenn er sich solchen überteuerten Gourmet-Genuss versagte. Aber es fühlte sich fremd an, dekadent, falsch, in diese Welt der Reichen einzutauchen, auch nur für einen Abend. Nein, er wollte ein „normaler Mensch" bleiben, was auch immer das nun sein sollte.

„Professor Kanter?" Woher kannte der livrierte Kellner seinen Namen? Ja klar, den hatte ihm dieser

Doktor Saisoku genannt, aber dass er ihn so schnell erkannt hatte! Wahrscheinlich passte er trotz seines schicksten Jacketts doch eher in ein Dorfwirtshaus. „Hier entlang, bitte!" In dem mittelgroßen Nebenzimmer stand ein einziger Tisch, elegant eingedeckt für zwei Personen, keineswegs so protzig, wie er befürchtet hatte, auch nicht mit übertrieben viel Besteck oder den vielfältigen Wein- und Wassergläsern, die er so abschreckend fand. Das moderne Designerbesteck wirkte etwas zu stylisch für seinen Geschmack, aber insgesamt war alles unaufdringlich, nur vielleicht etwas zu sauber, glänzend und exakt. Hinter dem Tisch erhob sich sein Gesprächspartner, korrekt gekleidet mit dunklem Anzug und dunkelroter Krawatte auf dem weißen Hemd, größer, als er ihn sich vorgestellt hatte, und, wenn man der angegrauten Farbe seines Haares trauen konnte, auch älter. Mit japanischem Lächeln kam er auf ihn zu, reichte ihm die Hand mit einer angedeuteten Verbeugung und bot ihm Platz an. „Herr Professor, ich freue mich, dass Sie es einrichten konnten, heute Abend unser Gast zu sein." In dem Satz lag gleichermaßen warme Verbindlichkeit wie nüchterne Distanz. Ja, es war ein

Geschäftsessen. War es ein Vorstellungsgespräch, ein An- oder besser Abwerbungstermin? Oder vielleicht ein Kooperationsangebot?

Er war etwas überrascht gewesen, als er Doktor Saisokus Mitarbeiter am Telefonapparat gehabt hatte. Normalerweise stellte seine Sekretärin niemanden zu ihm durch, ohne ihn vorher zu fragen. Schon gar keinen unbekannten Angestellten eines Industrieunternehmens. Als er den Namen „Netsui Enterprises" gehört hatte, wollte er schon auflegen, vielleicht mit einem genuschelten „kein Interesse" oder etwas Ähnlichem, möglichst nicht gar zu rüde. Immerhin machte der Anrufer ja auch nur seinen Job. Nur dass er eben keine Lust und auch gar keine Zeit hatte, mit irgendeinem Pharmareferenten zu reden oder dem Repräsentanten einer neuen Biotechnologie-Firma. Gerne könnten sie ihm ja Prospekte oder sonstiges Informationsmaterial zuschicken oder mailen. Er würde sich dann melden, wenn er Interesse hätte. Also eben vermutlich nicht. Aber es lag etwas Eindringliches in der Stimme, etwas schwer Benennbares. Gab es Telefonhypnose? Es ging um Recruiting, und als er erfuhr, dass er mit dem Leiter der Personalabteilung sprach, „Human Resources" nannte er es, erwachte seine Neugier. Er war durchaus zufrieden mit seiner Chefarztposition. Das einzige, was ihn störte, waren die begrenzten Mittel, die die Universität zu Forschungszwecken bereitstellen konnte. Was ihn nervte, waren die mühseligen Bemühungen Drittmittel einzuwerben und was ihm fehlte, waren ausreichend geeignete Patienten für seine innovativen Methoden. Die finanziellen und technischen Möglichkeiten, die ihm der Personalchef des offensichtlich japanischen Unternehmens erörterte, waren ebenso unglaublich wie die Patientenzahlen. Patienten, die es hier in Deutschland glücklicherweise so selten gab: Kinder mit Kehlkopfkrebs, mit angeborenen schweren Deformitäten des Schluck- und Sprachorgans oder unfallbedingten Destruktionen des Larynx. Was hatte er zu verlieren, wenn er sich mit dem Leiter der Entwicklungsabteilung der Firma Netsui zu einem guten Abendessen traf?

„Ich hoffe, Sie haben nichts dagegen, dass wir das Menü für heute bereits festgelegt haben", sagte Doktor Saisoku, „wir wollen doch keine Zeit mit Trivialitäten vergeuden. Wir sind übrigens sicher, dass es Ihnen gut schmecken wird. Und – keine Sorge – alles hier ist rein vegetarisch." „Oh, Sie sind gut vorbereitet, wie ich merke. Tatsächlich bin ich Vegetarier, wie Sie offensichtlich schon wussten, und dass Sie den „Grünen Thaler" als Ort für unser Gespräch ausgewählt haben, hat mich natürlich auch deshalb ein wenig gereizt." – „Ja, natürlich haben wir uns über Sie erkundigt, wir sind in allen Dingen gründlich, wie Sie feststellen werden. Und übrigens – keine Sorge – ich lebe ebenso vegetarisch wie Sie." Der Japaner lächelte, während der Kellner etwas Weißwein in ihre Gläser plätschern ließ. „Ein leichter Grauburgunder, ich bin sicher, er wird Ihnen schmecken", sagte er dann. Das tat er auch. „Ja, wirklich, ein guter Tropfen." Es entstand eine kurze Pause. „Es tut mir leid, wenn ich ein wenig ungeduldig erscheine, aber ich bin ein neugieriger Mensch. Was genau ist der Zweck unseres heutigen Treffens, welches Angebot möchten Sie mir machen? Ich hoffe, Sie halten mich nicht für unhöflich, aber ich manchmal bin ich etwas direkt." – „Nein, keine Sorge", lächelte der Japaner, „ich komme auch gerne schnell zur Sache. Also: Sie sind eine anerkannte Kapazität auf dem Gebiet der Larynxchirurgie. Sie haben viel mit künstlichen Implantaten experimentiert, aber solche technischen Hilfsmittel können wohl nie die Qualität einer echten menschlichen Stimme erreichen. Vor allem aber können sie sich nicht verändern. Sie können nicht wachsen. Daher sind sie für eine bestimmte Gruppe von Patienten nicht geeignet. Für Kinder, die einen Kehlkopfersatz benötigen. Kinder, denen Sie eine Stimme geben wollten. Daher haben Sie sich zunächst mit der Rekonstruktion von nur teilweise zerstörten Kehlköpfen und schließlich mit der Transplantation des gesamten Larynx beschäftigt. Sie sind übrigens der Beste auf diesem Gebiet." – „Nun, ich bin sicher, es gibt einige andere, die..." – „Nein, seien Sie nicht zu bescheiden. Wenn man stolz auf etwas sein kann, sollte man das auch zum Ausdruck bringen. Keine Sorge- Sie sind der Beste."- „Meinetwegen, danke, aber warum interessieren Sie sich für derartige Dinge. Die Firma Netsui ist doch ein Gentechnik-Unternehmen. Sagt jedenfalls Google. Ich habe mir erlaubt, mich auch wenigstens etwas auf unser Gespräch vorzubereiten. Wollen Sie künstliche Kehlköpfe züchten?" – „Nein, keine Sorge. Netsui Enterprises ist übrigens nicht *ein* Gentechnik-Unternehmen, sondern *das* Gentechnik-Unternehmen. Das größte und bedeutendste der Welt. Wir sind stolz darauf. Was wir tatsächlich wollen, ist etwas gänzlich anderes und es ist übrigens streng geheim." Das Essen wurde aufgetragen und Saisoku hörte auf zu sprechen. Er bedeutete mit einer sich langsam senkenden nach unten offenen Hand, dass jetzt erst einmal eine Gesprächspause angesagt sei. Eine Vorspeise schien es nicht zu geben, aber das interessierte den Professor herzlich wenig. Er wusste hinterher auch gar nicht mehr, welche Leckereien er da gegessen hatte und genießen hätte können, wenn er nicht so angespannt gewesen wäre. Was sollte das alles? War er hierhin eingeladen worden, um sich anzuhören, dass er nicht erfahren sollte, worum es dieser Japanischen Firma überhaupt ging? Was erwartete man denn von ihm? Die Fragen wollten aus ihm herausplatzen, aber sein Gegenüber erweckte einen derart ins Essen vertieften Eindruck, dass er sich nicht traute, die Stille zu unterbrechen. Er stellte sich fernöstliche Weisheiten vor, die da heißen könnten: Was du tust, das tue ganz! Oder: Wenn du isst, iss, wenn du sprichst, sprich! Vielleicht auch: Nutze Pausen um zu bedenken, was du sagen wirst. Ein guter Spruch wäre auch: Worte sind wie Speise. Du musst sie in dich hineinsinken lassen, bevor du den Mund öffnest, sonst spuckst du sie unverdaut wieder aus. Was wusste er schon von japanischer Philosophie? Schließlich legte sein Gesprächspartner das Besteck zurück auf den Tisch und ein Lächeln zurück auf sein Gesicht. Er tupfte seine Lippen mit dem Zipfel der Serviette ab, richtete sich etwas auf und setzte das Gespräch fort, als habe es keine Unterbrechung gegeben. „Es handelt sich um ein Forschungsprojekt, das nicht ganz innerhalb des üblichen Spektrums unserer Branche liegt. Ohne Näheres zu erklären kann ich Ihnen sagen, dass wir dabei Ihre Hilfe brauchen. Wir haben bereits einige erfahrene Operateure in unserem Team, aber niemanden mit Ihrer Expertise. Es sind kindliche Kehlköpfe, die wir transplantieren möchten und – keine Sorge – Sie werden uns tatsächlich helfen, Kindern eine Stimme zu geben. Vielen Kindern. Halt! Sagen Sie noch nichts. Bevor Sie weitere Fragen stellen: Ich werde sie nicht beantworten. Ihre Neugier bleibt also noch ein Weilchen unbefriedigt. Ich werde Ihnen aber jetzt ein Angebot machen, dessen Annahme Sie ernsthaft erwägen sollten, und zwar nicht zuletzt, damit Sie schließlich doch erfahren, was genau unsere Firma mit Larynxtransplantationen zu tun hat. Wir denken übrigens, dass wir Sie überzeugen können, ein oder zwei Jahre für uns zu arbeiten. Aber keine Sorge, das besprechen wir später. Zunächst einmal: In einigen Tagen ist das Semester zu Ende. Soweit wir uns erkundigt haben, gibt es keine Verpflichtungen, die Sie daran hindern würden, sich ein oder zwei Wochen frei zu nehmen. Daher unsere Frage: Könnten Sie sich vorstellen, für eine, sagen wir einmal Hospitation in unser Forschungszentrum in Mishima zu kommen? Dort könnten Sie sich alles ansehen und in Ruhe entscheiden, ob Sie mit uns zusammenarbeiten wollen." – „Hm, warum sollte ich das tun? Natürlich haben Sie mich neugierig gemacht, aber ich liebe es nicht, wenn mit verdeckten Karten gespielt wird. Wenn ich nach Japan reisen soll, will ich auch genau wissen, warum." – „Ja, das verstehe ich", lächelte Doktor Saisoku, „aber das geht leider nicht. Aber keine Sorge, ich werde Ihnen gute Gründe für diesen Besuch nennen. Der erste Grund: Sie werden dort mit Spezialisten Ihres Fachgebietes zusammenkommen. Sie können sich austauschen, vielleicht können sogar Sie noch etwas von ihnen lernen. Andere Methoden, alternative Techniken und neue Materialien. Betrachten Sie es als wissenschaftlichen Kongress, eine Erweiterung des fachlichen Horizontes meinetwegen. Zweiter Grund: Japan ist ein schönes, ein interessantes Land. Bleiben Sie eine Woche im Institut, sehen Sie sich eine Woche an, was wir an Kultur und Landschaft zu bieten haben. Betrachten Sie es als einen Urlaub, als Erholung, als Entdeckungsreise. Als sehr günstige Reise, denn die Kosten übernehmen selbstverständlich wir. Und, übrigens, auch wenn das nicht als Grund für Sie zählen dürfte: Es handelt sich um eine bezahlte Hospitation. Wir haben uns erlaubt, Ihre Gehaltsstruktur etwas genauer zu erkunden. Keine Sorge, das bleibt natürlich unser Firmengeheimnis. Wir bieten Ihnen also für diese Woche ein Monatsgehalt Ihrer jetzigen Tätigkeiten und Nebentätigkeiten. Damit halten wir Sie übrigens nicht für überbezahlt." Ihre Teller wurden abgeräumt und wieder schwiegen sie einen kleinen Moment. Kanter war sowieso sprachlos. Was für ein Angebot! „Jetzt kommt das Dessert", lächelte der Japaner, „übrigens eine ganz besondere Spezialität des Hauses. Genießen Sie es in Ruhe und antworten Sie mir hinterher."

Natürlich hatte er sich für das Angebot entschieden. Es war einfach zu verlockend. Eine Hospitation in einer Spezialklinik, kollegialer Austausch, vielleicht das Knüpfen von Beziehungen in die asiatische Fachwelt, ein kostenloser Fernurlaub und dafür auch noch Bezahlung! Und wer weiß, vielleicht auch ein ein- oder zweijähriger Forschungsaufenthalt in Japan mit vierfachem Gehalt. Tatsächlich konnte er seinen eigenen Urlaub als Chef der Otolaryngologie kurzfristig selbst planen. Es gab weder ein Haustier, noch irgendwelche Pflanzen, die zu füttern oder gießen gewesen wären. Das Semester war zu Ende, die Forschungsarbeiten der Studenten würden auch ohne ihn weiterlaufen. Um die Leitung der Abteilung und die Koordination der Patientenversorgung würde sich sein Oberarzt Doktor Ernst kümmern. Ernst Ernst. Er musste lächeln. Als sie damals begannen, sich zu duzen, hatte sich in der Anrede nicht viel geändert. Er musste nur das Doktor weglassen. Wie konnten Eltern nur ihrem Sohn so einen Namen geben? Nun ja, jedenfalls war Ernst nicht in Urlaub und es gab keinen Grund, warum er nicht für zwei Wochen nach Japan fahren sollte. Er würde allerdings den Geburtstag seiner Nichte verpassen. Eigene Kinder hatte er nicht, nicht einmal eine Frau, mit der er Kinder hätte haben wollen. So war Carla sein Ein und Alles, und vielleicht wäre ihr Fest sogar ein Grund gewesen die Reise nicht anzutreten. Andererseits tummelten sich auf diesen Kindergeburtstagen immer mindestens zwei Dutzend Gäste, und in diesem Gewimmel von kleinen und großen Menschen hätten seine Nichte und er sicherlich sowieso sehr wenig voneinander gehabt. Deshalb hatte er ihr zum

Geburtstag einen Zoobesuch geschenkt, den sie nach seiner Rückkehr gemeinsam genießen würden. Nur sie beiden und natürlich jede Menge Tiere. Karl-ja, seine Nichte war zu seinem großen Stolz nach ihm benannt worden- freute sich schon auf diesen Tag und damit auf seine Rückkehr. Aber er freute sich auch auf Japan. Ein Abenteuer! Ein neues Land wollte entdeckt werden, unbekannte Probleme wollten gelöst und hochqualifizierte Kollegen wollten kennengelernt werden. Natürlich war es ein komisches Gefühl, so gar nicht zu wissen, was da auf ihn zukam. So knapp und unvollständig Doktor Saisokus Beschreibung des Projektes gewesen war, so viele Haken und Ösen hatte sie gehabt, so viele „übrigens"-Haken und wenig beruhigende „keine Sorge"-Ösen. Immerhin konnte er sich vorstellen, dass in der Folge von Fukushima und die immens erhöhte Rate an strahlenbedingtem Schilddrüsenkrebs auch viele kindliche Kehlköpfe zerstört worden waren und immer noch wurden. Kinder, denen er helfen konnte wieder normal zu sprechen und zu schlucken. Eine Herausforderung, der er sich stellen wollte. „Japan, ich komme", dachte er, als er mit einem Zweiwochen-koffer und seiner Laptoptasche den Flughafen Tokio-Haneda verließ. Sein flacher Computer begleitete ihn auf jede Reise. Er war Bibliothek und Mediathek, Notizblock, Briefpapier und Kugelschreiber, er war ein gesamtes Büro. Für die nächste Woche aber würde er vor allem sein Tagebuch sein. Dort auf dem Schild des Fahrers las er seinen Namen. Gab es wirklich noch Chauffeure mit Uniform und Mütze? Oh ja, es würde ein Abenteuer werden.

Privates Tagebuch Prof. Dr. K. Kanter

Japan, Mishima

Institut für angewandte Genetik

Forschungszentrum der Netsui Enterprises

24. Oktober

Es ist schon spät. Letzte Nacht habe ich nicht viel geschlafen, und wäre ich nicht um sieben Stunden Zeitverschiebung wacher, hätte ich den Tag kaum durchgestanden. Ein volles Programm für einen halben Tag. Nach der Ankunft hier im Institut bekam ich kurz mein Zimmer gezeigt, in dem ich die nächsten Nächte zubringen werde. Kahl und schlicht, aber alles, was man braucht. Boxspring-bett, ein kleiner Stuhl und Schreibtisch, Schrank, Nachttisch, ein piekfeines Bad und ein großes, großes Fenster mit Blick auf hügeliges Nichts mit etwas bräunlich-grünem Gras darauf. Nein, da gibt

es noch eine kleine Baumgruppe, fast ein Wäld-
chen, ganz rechts in meinem Blickfeld. Kein Motiv
für einen Landschaftsmaler. Ein kurzer Imbiss in
der Kantine – hier scheint es tatsächlich nur vege-
tarisches Essen zu geben. Danach ging es direkt in
den OP. Nur Zusehen. Das habe ich heute mindestens sechs oder siebenmal gehört. Immer dann
nämlich, wenn ich doch wieder versucht habe, eine
Frage zu stellen. Nur Zusehen. Da stand ich nun
also gewaschen und steril eingekleidet im Saal, und
eigentlich hätte alles so sein sollen, wie ich es aus
den vielen OPs in Deutschland und den USA
kannte, die ich gesehen hatte. Tatsächlich sah
auch alles genauso aus. Aber es *war* anders. Es
dauerte eine Weile bis ich dieses Andere identifiziert hatte. Der Geruch. Das war es. Es roch einfach nicht, wie es in einem Operationssaal zu riechen hatte. Nicht, dass mich ein anderes Desin-
fektionsmittel oder Reinigungsmittel irritiert

hätte, nein, es wurde stärker, je näher wir dem Patienten kamen, der da mit geöffneten Halsweichteilen auf dem Tisch lag. Roch japanischer Schweiß so anders als europäischer oder amerikanischer? War der Patient so ungepflegt, dass seine Duftmarke nicht bei der Vorbereitung abgewaschen hatte werden können? Tatsächlich musste es sich um einen sehr muskulösen Mann handeln, soweit man das unter den OP-Tüchern erkennen konnte. Unwillkürlich musste ich an Sumotori denken, diese schwergewichtigen japanischen Ringer, denen man schon beim Zusehen im Fernseher einen ordentlichen Schweißgeruch zutraute. Vor denen man einfach Angst haben musste, wenn sie mit ihrer durch Fett und Kraft ausufernden Körperlichkeit den halben Ring erfüllten. Fremd und bedrohlich, ausdruckslos beängstigend, mit der Ausstrahlung tierischer Brutalität. Es berei-

tete mir Unbehagen, näher an den OP-situs heran-
zutreten. Nein, ein Sumo Ringer konnte dies eindeutig nicht sein. Da fehlte das Gebirge eines
übermäßig dicken Abdomens und die seitlich her-
unterhängenden Fettwülste. Aber was für ein ge-
waltiger Thorax hob sich dort bei jeder Luftinsuf-
flation unter dem grünen Abdecktuch. Ein Blick in
das Operationsgebiet hätte eigentlich meine auf-
gewühlten Emotionen beruhigen sollen. Vertrautes
Terrain sozusagen. Gerade war der Chirurg dabei,
das Transplantat an der Trachea anzunähen, der
einfachste Teil der Operation. Aber auch hier
stimmte etwas nicht. Das Transplantat war deutlich zu klein, oder besser gesagt, nicht riesig genug für diese gigantische Luftröhre. Es war unglaublich, wie routiniert der Operateur die Abnä-
her setzte und den Kalibersprung elegant ausglich.
Aber trotzdem war etwas falsch. Der Verlauf des
Musculus cricothyreoideus lag viel zu schräg.

Während der Nervus laryngeus superior noch klar dargestellt war, schien der Recurrens einen deutlich aberranten Verlauf zu nehmen, denn vermutlich hing er an der Spitze einer Kocherklemme, die viel zu weit distal lag. Was war hier mit der Anatomie los? Konnte ein einzelner Mensch so viele Normvarianten in der Anlage seines Kehlkopfes haben? Ich weiß nicht, das wievielte „nur zusehen" ich als Antwort auf meine Frage bekam. Die Operation ging zügig weiter. Operateur und Assistent arbeiteten fast wortlos Hand in Hand, kleine Gesten genügten, um OP-Schwester und Hilfspersonal zu verstehen zu geben, was sie wann zu tun hatten. Nicht ein einziges Mal machte der Anästhesist eine Bemerkung über den Zustand des Patienten, und bereits nach wenigen Stunden näherte sich der Eingriff seinem Ende. Im Ergebnis wirkte der implantierte Kehlkopf fast als ob er schon immer dort gesessen hätte. Die anatomischen Normvarianten waren geschickt an das Transplantat angepasst worden, und das in einer Geschwindigkeit, die schon bei einem Standardeingriff bewundernswert gewesen wäre. Der Operateur überließ das Vernähen der Faszien und den Hautverschluss seinem Assistenten und bedeutete mir mit einer Kopfbewegung, den Saal mit ihm zu verlassen. Er heißt Dr. Keiken und ist selbst für einen Japaner eher klein und zierlich. Das liegt daran, dass Dr. Keiken eine Frau ist, was ich aber durch den OP-Kittel und die Maske nicht bemerkt hatte, und selbst danach in ihrem dunkelroten Kasack waren sekundäre weibliche Geschlechtsmerkmale kaum auszumachen. Sie ist sicherlich nicht unhübsch, ihre Stimme klingt noch etwas höher als die ihrer männlichen Kollegen, auch wenn ich das während der OP nicht wahrgenommen habe, vor allem aber ist sie nett. Beim Abendessen haben wir uns etwas über Operationsmethoden ausgetauscht, aber sobald es um den merkwürdigen Patienten ging, wich sie geschickt aus, wechselte das Thema oder zog das Gespräch auf allgemeine Schwierigkeiten, die anatomische Varianten mit sich bringen. Erst jetzt, wo ich hier in meinem Zimmer sitze, merke ich, dass ich gar nicht gefragt habe, was es denn mit den Kindern auf sich habe, die ich operieren sollte. Vermutlich hätte ich sowieso keine Antwort bekommen. Und warum ich ausgerechnet bei einer so schwierigen Operation dabei sein sollte? Vielleicht wollte mich Netsui oder eher Dr. Saisoku ja durch die Kompetenz seines Operationsteams beeindrucken. Das hat er jedenfalls geschafft.

Privates Tagebuch Prof. Dr. K. Kanter

Japan, Mishima

Institut für angewandte Genetik

Forschungszentrum der Netsui Enterprises

25. Oktober

Als ich heute Morgen aufstand, hätte ich mir nicht träumen lassen, was dieser Tag mir bringen sollte. Ein trüb verhangener Himmel ließ die Aussicht aus meinem Fenster nicht gerade attraktiver erscheinen. Aber ich war energiegeladen wie an einem sonnigen Frühlingsmorgen. Was würde man mir heute zeigen? Neugier und Aufbruchstimmung ließen mich voller Ungeduld auf die Frühstückszeit warten, und pünktlich um Acht war ich wieder in der Kantine, zu der ich den Weg schon gut kannte. Das ganze Institut ist übrigens ähnlich nüchtern eingerichtet wie mein Zimmer, jedenfalls soweit ich es bisher kennengelernt habe. Es ist ein wirklich großes Gebäude, das in verschiedene Bereiche eingeteilt ist. Ich hatte bisher nur Zugang zum Kliniktrakt und den Sozialräumen, zu denen übrigens auch die Gästeunterkünfte gehören. Ich habe noch nicht einmal den ganzen Ärzteflügel gesehen, aber ich weiß, dass es noch drei weitere Operationssäle gibt. Nach dem Frühstück war ich mit dem örtlichen Institutsleiter verabredet. Dr. Bosu, ein durchschnittlich großer Japaner mit exakt, aber langweilig geschnittenen schwarzen Haaren trug einen perlweißen, blitzsauberen, geschlossenen Kittel, unter dem ich den sorgfältig gebundenen Knoten einer dunkelroten Krawatte hervorlugen sah. Einen solchen Schlips hatte auch Dr. Saisoku getragen, und erst jetzt fiel mir auf, dass das Emblem der Firma Netsui eine weiße Doppelhelix auf dunkelrotem Grund zeigt. Corporate

Identity! Er bat mich in sein modernes und ebenfalls karges Büro, wo ich ihm über meine ersten Eindrücke berichten sollte. Selbstverständlich lobte ich angemessen das OP-Team, die technischen Einrichtungen und sogar das vegetarische Essen. Natürlich konnte ich mich nicht allzu lange zurückhalten und stellte bald wieder meine Fragen nach dem Projekt, bei dem ich mitarbeiten sollte. Er verstehe meine Neugier, beschwichtigte mich Bosu, aber er bitte um Geduld. Wir erhoben uns, was mir durchaus nicht unlieb war, da der Stuhl, auf dem ich gesessen hatte nicht nur schlicht, sondern vor allem ausgesprochen unbequem war. Vielleicht ist das ja ein japanischer Trick, um unliebsame Mitarbeitergespräche zu verkürzen. Oder auch, um Überlegenheit zu demonstrieren. Psychologisch ist sicher jemand, der auf dem bequemen Sessel hinter seinem Schreibtisch thront, demjenigen gegenüber im Vorteil, dem es aufgrund von körperlichem Unwohlsein und Anspannung nicht gelingt, das richtige Verhältnis von Lässigkeit und Konzentration herzustellen.

Tatsächlich sollte ich nun erste Erklärungen bekommen. Ohne mich vorher weiter zu instruieren, nahm er mich mit zur gemeinsamen Visite. Nicht bei dem Patienten, der mir gestern im OP so sonderbar vorgekommen war, sondern bei einem bereits letzte Woche operierten. Er versprach mir eine Überraschung, bat mich aber, mir mein Erstaunen nicht ansehen zu lassen. Wir würden später in aller Ruhe darüber sprechen. Und eine Überraschung war es wirklich. Auf dem Stationsflur trafen wir Dr. Keiken und eine Schwester. Gemeinsam traten wir nach dem Anklopfen durch die Tür. Das Einzelzimmer war in warmem Grün gestrichen, es standen unglaublich viele Pflanzen im Raum und im Bett lag in einem sauberen Hemd mit einem sterilen Verband um den Hals ein großer überaus kräftiger Patient, der uns mit wachem Blick entgegenschaute. Der Patient war ein Gorilla!

Ich bezweifle stark, dass er mir meine Überraschung nicht angesehen hat, oder angesehen hätte, aber er beachtete mich kaum. Aufmerksam hing er hingegen an den Lippen Dr. Bosus, der mit ihm redete wie mit einem normalen Patienten. Die Schwester entfernte den Verband, Dr. Keiken versorgte die Wunde und streichelte ihrem Patienten über die Wange. Der Affe ließ sich alles ruhig gefallen, obwohl er keineswegs sediert wirkte. Es sah beinahe so aus, als ob er etwas lächele, jedenfalls zog er beide Mundwinkel leicht nach oben. Nach dem Verbandswechsel forderte der Institutsleiter, der ihn mit Mister Saisho anredete, ihn auf, einmal leise A zu sagen. Tatsächlich brachte der Primat, Mr. Saisho, einen Ton heraus, der fast wie ein menschlicher Laut klang. Nach und nach gab Bosu Vokale vor, und der Gorilla wiederholte einen nach dem anderen. Es war unglaublich. Ich dachte wirklich, eine menschliche Stimme zu hören. Schließlich verabschiedeten wir uns und verließen das Zimmer, der Affe winkte uns freundlich nach. Draußen lächelten die drei Japaner sich und mich zufrieden an, ich, der große Deutsche stand mit gefühlt offenem Mund und vermutlich völlig verblüfftem Gesichtsausdruck daneben. Es dauerte eine Weile, bis ich dieses unglaubliche Erlebnis und das danach folgende stumme Mittagessen verdaut hatte, und so war es ganz in Ordnung, dass ich erst am Nachmittag in Bosus Büro über die Hintergründe dieser sonderbaren Operationen aufgeklärt wurde. Die Erläuterungen übernahm der stellvertretende Leiter des Gentechnik-Labors von Mishima. Prof. Akuto ist ein eher kantiger, fast vierschrötiger Mann. Seine Stimme ist abgehackt und seinem Gesicht fehlt jede Spur von Weichheit. Die wenigen Falten sind wie exakt in die Haut gebügelt, nicht tief, aber schroff. Wie Risse in einer schlecht verputzten Wand. Er hat etwas Militärisches in seiner Haltung und in seinem Gehabe und eines unterscheidet ihn deutlich von all den Japanern, die ich in den letzten Tagen kennengelernt hatte: Er ist einfach unsympathisch. Mr. Saisho, erläuterte er, sei kein normaler Gorilla. Er gehöre zu einer inzwischen recht großen Anzahl genmanipulierter Affen. Ich hatte schon einmal von der sogenannten Genschere gehört, CRISPR-Cas9 nennt sie Akuto. Wie genau sie funktioniert, weiß ich auch jetzt noch nicht, obwohl ich das Prinzip verstanden habe. Man kann gezielt Gensequenzen aus der DNA ausschneiden und sie durch andere ersetzen. Dies tut Netsui mit der Kernsäure von Gorillas. Die veränderten Sequenzen und die mit ihnen verbundenen Eigenschaften können dann weitervererbt werden. Normalerweise handelt es sich dabei beispielsweise darum, gegen bestimmte Krebszellen oder Krankheitserreger Immunität zu entwickeln. Im Labor von Prof. Akuto wurden aber ganz andere Regionen ersetzt. Die Entwicklung von intellektuellen Fähigkeiten ist ebenfalls genetisch codiert. Was hier getan wird, ist ebenso unglaublich wie verboten. Das Erbgut der Affen wird durch Einbringen entsprechender Gensequenzen verändert. Menschlicher Gensequenzen.

Morgen werde ich mich im Testzentrum von den intellektuellen Fähigkeiten der genmanipulierten Affen überzeugen können. Sie nennen sie übrigens „Apemen"- Affenmenschen im Gegensatz zu Menschenaffen. Es ist auch ein Rundgang durch das Genlabor geplant, der mich allerdings weniger interessiert. Computer und Elektronenmikroskope,

Petrischalen, Zentrifugen und Inkubatoren haben mich noch nie sonderlich fesseln können.

Was diese Apemen nicht können, ist sprechen. Man ist sich hier sicher, dass sie die Fähigkeit dazu hätten- entsprechende Manipulationen an den für die Entwicklung des Sprachzentrums beteiligten Genloci sollen eindeutig erfolgreich sein, wie Untersuchungen im funktionellen MRT nachgewiesen hätten. Was ihnen fehlt ist eindeutig ein menschliches Sprachorgan. Bis jetzt. Durch Genmanipulation war dies nicht zu erreichen gewesen, daher eben auf operativem Wege. Vom Ergebnis der ersten entsprechenden Operation habe ich mich ja heute überzeugen können. Natürlich würde ein erwachsener Gorilla, so intelligent er auch sein sollte, niemals richtig sprechen lernen. Deshalb war ich hier. Meine Aufgabe würde es sein, neugeborenen Tieren menschliche Kehlköpfe zu implantieren. Mitwachsende Kehlköpfe. Oh, Gott! Was passiert hier? Hier wird eine neue Rasse gezüchtet. Denkende Tiere! Noch fehlt eine vernünftige Kommunikation, aber vielleicht werden sie schon bald miteinander sprechen können wie Menschen. Was haben diese Wahnsinnigen vor? Verbirgt sich hinter dem freundlichen Lächeln meiner neuen Bekannten die verbrecherisch militante Fratze des Prof. Akuto? Des modernen Frankenstein, in dessen Laboratorium ich jetzt helfen soll, das Monster zum Menschen zu wandeln? Bin ich Professor Higgins, der Eliza Doolittle-Saisho salonfähig machen wird? Oder etwa nur der Steigbügelhalter für die Erschaffung einer Art Gorilla-Krieger? Voller Muskeln, intelligent, aber beeinflussbar, die man ohne Rücksicht auf Verluste einsetzen kann, weil es im Fall einer Niederlage keine verlorenen Menschenleben gibt? Vielleicht geht meine überspannte Phantasie unter dem Einfluss des martialischen Erscheinungsbildes dieses Akuto gerade mit mir durch. In meinem Kopf wirbeln die Gedanken. Aber irgendwie habe ich das Gefühl, ich muss etwas unternehmen, um dieses aberwitzige Unternehmen zu beenden. Das ist nur leider nicht möglich. Vorhin, gleich nach dem Abendessen, habe ich versucht, Ernst anzurufen, um seinen Rat einzuholen. Kein Netz. In der Hoffnung, dass ich draußen besseren Empfang bekomme, habe ich einen kleinen Spaziergang unternommen. Die Landschaft wirkt übrigens genauso öde, wenn man sich in ihr bewegt, wie wenn man sie durchs Fenster betrachtet. Das Institut befindet sich wirklich „in the middle of nowhere". Übrigens kann ich mich frei bewegen, bis jetzt habe ich noch keine verschlossene Tür gefunden, aber trotzdem fühle ich mich irgendwie eingesperrt. Auch draußen. Kein Netz. Ich fürchte, ich werde eine unruhige Nacht haben. Vielleicht gibt es ja doch noch einen Weg mit der Außenwelt zu kommunizieren.

mail sent 10/26 23.30
reference: Wichtig!!!
attachment:"Tagebuch Japan.doc"

Hallo Ernst,
ich bin es, Karl. Habe keine Zeit, dir viel zu erklären. Lies bitte den Anhang und setze dich mit dem Ethikrat unserer Uni in Verbindung. Vielleicht habt ihr ja eine Ahnung, was man unternehmen kann oder sollte.
LG, Karl

N.Haitatsuin, OD Manager, Netsui Enterprises, Mishima-section
www.netsui.co.jp
haitatsuin@netsui.co.jp

Privates Tagebuch Prof. Dr. K. Kanter

Japan, Mishima

Institut für angewandte Genetik

Forschungszentrum der Netsui Enterprises

26. Oktober

Ich glaube, ich habe einen Fehler gemacht. Tatsächlich ließ mich der Gedanke, dass hier etwas
zutiefst Unethisches passiert, nicht zur Ruhe
kommen. Ich dachte, ich müsse etwas dagegen unternehmen und zwar so schnell wie möglich. Schon
jetzt waren Dinge passiert, die niemals geschehen
hätten dürfen. Statt ins Bett zu gehen, schlich ich
gestern noch einmal hinaus auf den Flur. Vor der
Tür zu Bosus Büro blieb ich stehen, schaute kurz
einmal nach rechts und links und – offen. Die Tür
war nicht verschlossen, selbst zu dieser Zeit. Ich
nahm einen tiefen Atemzug, trat ein und schaltete

das Licht an. Wer würde es schon sehen? Schließlich ging das Fenster ja hinaus ins leere Nichts. Schnell war ich am Telefon. Die Institutsnummer kenne ich ja auswendig, und durch die Zeitverschiebung dürfte es in Deutschland noch Bürozeit gewesen sein. Kein Freizeichen, dafür eine japanische Frauenstimme. Vermutlich höflich, wahrscheinlich eine Telefonzentrale. Ich gab ein kurzes Grunzen von mir und legte wieder auf. Damit hatte ich nicht gerechnet. Hoffentlich hatte die Dame nicht geschaut, aus welchem Büro der Anruf kam und dachte jetzt einfach, da hätte es sich ein unhöflicher Kollege im letzten Moment anders überlegt und doch nicht telefonieren wollen. Oh weh! Blieb noch, obwohl ich natürlich in hektische Eile verfiel, der Computer und das Internet. Sehr schnell machte eine Passwortabfrage auch diesen Plan zunichte. Enttäuscht zog ich mich aus dem Büro und in mein Bett zurück, und versuchte doch noch ein bisschen Schlaf zu bekommen. Es wurde eine unruhige und auch kurze Nacht. Ich war gewissermaßen vor dem ersten Hahnenschrei putzmunter, obwohl es hier ja kein Geflügel gibt. Könnten Hühner womöglich auch denken, wenn man ein paar Gene verändert? Genschere statt Geflügelschere? Oder andere, flugfähige Vögel? Zukünftige Luftaufklärer? Ja, in Gedanken befand ich mich in einem futuristischen Agententhriller, und so hatte ich mich gestern ja auch verhalten. Vielleicht nur ein bisschen ungeschickter als James Bond. Also schmiedete ich meinen nächsten Plan. Mein Termin im Testzentrum war erst um zehn Uhr also hatte ich nach dem Frühstück noch genug Zeit, um durch die Gänge zu streifen, und zufällig in der Umkleide der Operationssäle zu landen. Dort hingen einige Arztkittel an den Haken, die Spinde schienen auch nicht verschlossen zu sein.

Vielleicht fände ich ja irgendwo ein Handy, ein eingeschaltetes Handy. Schon beim zweiten Kittel hatte ich Glück. Das war mir natürlich um einiges lieber, als irgendwo in den Schränken suchen zu müssen. Trotzdem musste es schnell gehen. Handy in meine Tasche, ab auf die Toilette. Per Bluetooth mein Tagebuch auf das fremde Smartphone übertragen, eine Mail mit Anhang an Ernst. Statt sie abzuschicken, was ja ohne Netz oder WLAN sowieso nicht funktioniert hätte, „später senden" eingestellt. Als Sendezeitpunkt wählte ich den späten Abend, mitten in der Nacht, wenn der Eigentümer zu Hause im Bett liegt und sein Handy Empfang hat, oder im häuslichen WLAN eingeloggt ist. Dann natürlich den Download meines Tagebuchs wieder löschen, Spülung drücken, und schon nach ein paar Minuten war das gute Stück wieder in der Kitteltasche seines Besitzers. Es war auch wirklich keinen Moment zu früh, denn gerade als ich mich davon machen wollte, betrat Dr. Keiken den Umkleideraum und sah mich verwundert an. Wäre sie nur etwas früher erschienen, hätte sie mich mit der Hand in einem fremden Kittel erwischt, und das wäre schwer genug zu erklären gewesen. So lächelte sie mich nur an, ein bezauberndes Lächeln übrigens, wie ich auf einmal fand, und fragte, ob ich Sehnsucht nach dem OP oder ihr hätte. Wir lachten ein wenig und verabredeten uns zum gemeinsamen Abendessen in der Kantine. Jetzt, wo ich wüsste, worum es hier geht, hätte ich sicher tausend Fragen, und sie würde und dürfte mir jetzt auch gerne etwas über ihre Sicht auf die offensichtlichen ethischen Probleme erzählen. Nur ganz kurz kam mir der Gedanke, dass ich ja dann eventuell ihr Handy nutzen könnte, um die Informationen des heutigen Tages an Ernst zu übermitteln. Sofort schämte ich mich aber dafür. Schließlich bin ich keine männliche Mata Hari und tatsächlich ist mir Miyu – ihr Vorname klingt viel weicher als die zwei stimmlosen Gutturale des Wortes Keiken- sehr sympathisch, auch wenn ich heute Morgen noch nicht wusste, wie sehr ich sie am Abend mögen würde. Meine optimistische, brennende Weltverbesserin.

Kurz nickten wir uns noch einmal zu, dann war sie auch schon auf dem Weg in den Operationssaal und ich auf dem zur Führung durch das Testzentrum. Ich hatte gedacht, dass mich nun, da ich über die Apemen Bescheid wusste, nichts mehr überraschen könnte. Tatsächlich war ich schon wieder beeindruckt. Bevor ich mich von der wirklich erstaunlichen Intelligenz der Bestien überzeugen konnte, war ich schon vom Erscheinungsbild der genmanipulierten Tiere wie erschlagen. In dunkelrote Overalls gekleidet saßen sie in Gruppen zusammen und spielten Gesellschaftsspiele, liefen zwischen den Computern herum, holten sich etwas zu essen oder saßen vor ihren Bildschirmen, um Testaufgaben zu lösen. Kurz, sie verhielten sich wie ganz normale Menschen, wenn man von den gelegentlichen beinahe grunzend dunklen Lauten absah, die sie von Zeit zu Zeit ausstießen. Die Testergebnisse waren auch bemerkenswert. Die manuelle Geschicklichkeit war eher bescheiden, vielleicht mit der eines etwas bewegungsgestörten Kindes zu vergleichen. Aber dennoch: ich habe beobachtet, wie ein Gorilla einen HAWIE-Test durchführte und damit vor meinen Augen einen Intelligenzquotienten von über 60 bewies. Das liegt, was Menschen betrifft, laut Prof. Akuto zwar noch im Bereich des milden Schwachsinnes, aber es könnte eindeutig als humanoide Intelligenz bezeichnet werden, wenn man zum Beispiel die Testergebnisse von Probanden mit Trisomie 21 heranzieht. Deren Werte liegen tatsächlich im Durchschnitt etwas darunter. Mir lief ein Schauer den Rücken herunter. Ja, diese intelligenten Primaten wirkten mehr wie Menschen als wie Affen. Schlimmer noch: Durch ihre uniformartigen Overalls wirkten sie wie Soldaten. Durch die vielen Computer und die spartanische Einrichtung vielleicht auch wie die Besatzung eines Raumschiffes in einem Science-Fiction-Film. Eine bedrohliche Vorstellung, denn in allen Bildern, die auf meiner inneren Leinwand abliefen, ging es um kriegerische oder verbrecherische Settings. Zu diesem Zeitpunkt war ich mehr als zuvor davon überzeugt, dass dieses fürchterliche Experiment abgebrochen werden müsste. Gleichzeitig war mir klar, dass Netsui das nicht zulassen würde, nicht zulassen konnte. Wie würde man überhaupt mit mir verfahren, wenn ich nicht kooperieren wollte. Ich wäre ja ein Risiko für das gesamte Unternehmen.

Würde man mich bestechen, unter Druck setzen, oder einfach gegen meinen Willen hierbehalten? Meine Unruhe wurde immer stärker. Essen soll einen beruhigenden Einfluss haben und Ängste mildern. Deshalb wurde früher, als das Fliegen noch nicht so alltäglich war, im Flugzeug immer eine Mahlzeit serviert. Das verkürzte nicht nur die Zeit, sondern wirkte als mildes Sedativum. Vielleicht haben vegetarische Speisen nicht diesen Einfluss. Jedenfalls blieben meine Nerven auch nach dem Mittagessen angespannt. Wenigstens hatte ich ja einen langweiligen Nachmittag im Genlabor vor mir. Das würde mich etwas herunterbringen. Dachte ich.

Das Labor sieht etwa so aus, wie ich es mir vorgestellt hatte. Alles sehr steril, staubfrei, sagt Prof. Akuto. Mit Schutzanzug inklusive Mundschutz, Haube, Schuhen und Handschuhen, ja sogar Brille durchliefen wir eine Druckausgleichsschleuse. Der gesamte Trakt steht unter leichtem Überdruck, der durch die gefilterte Luft der Klimaanlage aufgebaut wird. Dadurch wird das Eindringen jeglicher feinen Partikel verhindert, die die äußerst empfindlichen Mikroprozesse stören könnten. Zunächst betraten wir das Chemielabor. Hier werden die Enzyme synthetisiert, die sich an bestimmte Stellen der DNA koppeln, um sie aus der gesamten Kette herauszulösen. Dabei werden auch die Wasserstoffbrücken der Basenpaare geknackt, so dass sich Teile der Kernsäure öffnen wie ein Reißverschluss. Bevor irgendeine ungezielte Defektreparatur eintritt, werden die entsprechenden Teile der Spender-DNA zugegeben und – schwupps – baut die kluge Kernsäure die passenden Teilchen ein ohne zu merken, dass sie nunmehr manipuliert ist. Die Auflösung und Wiederherstellung der

Doppelhelix konnte ich tatsächlich am Elektronen-
mikroskop nachvollziehen, ansonsten blieb alles
theoretisch. Dann weiter zum Zelllabor. Hier war
mehr zu sehen. Die Entnahme der DNS ist relativ
einfach, da die Spenderzellen nicht geschont werden müssen. Statt die Zellen mit einer Mikropi-
pette zu fixieren und dann mit einer hyperfeinen
Glashohlnadel zu punktieren, benutzt Netsui ein
Kombinationsinstrument, das die Zelle umschließt
und dabei einen Hohldorn einführt, ohne dass sie
ausweichen könnte. Das vermeide Fehler, erläuterte Akuto, beuge auch der Ermüdung der Labo-
ranten vor und beschleunige letztlich den Prozess.
Beobachten konnte ich das Ganze am Bildschirm
und für mich sah es ein wenig aus wie eine Eiserne
Jungfrau. Dieses Folterinstrument der Spanischen Inquisition, bei dem vermeintliche Hexen in
eine menschliche Hohlform gelegt wurden, deren

Deckel auf der Innenseite mit langen, spitzen Dornen versehen war, hatte mir endloses Grauen und schlaflose Nächte bereitet, als ich es damals als Kind gesehen hatte. Auch jetzt hörte ich wieder das rostige Quietschen der Scharniere und die Schreie des Opfers beim langsamen Schließen des grausamen Deckels. Ich sah die Spitzen in die Augen, in das Fleisch eindringen, ich spürte den überwältigenden Schmerz und die Grausamkeit des Folterknechtes. Mein Gott, bin ich überspannt! Schnell kam ich in die Realität zurück. Ich versuchte einen entspannten Ausdruck auf mein Gesicht zu legen, bis mir klar wurde, dass man mir durch die Maske meinen Gemütszustand sowieso nicht ansehen konnte. Hier in Mishima werden immer genau ein Paar Zellen gleichzeitig genextrahiert. Ein Spermium und eine weibliche Eizelle. Wie das Einsetzen der menschlichen DNA-Sequenzen geschieht, hatte ich ja schon „in der Chemie" gesehen. Danach kommt der entscheidende Prozess. Eine weitere Eizelle der gleichen Affendame wird behutsam ihres Zellkernes beraubt. Aus dem Kern wird sehr, sehr vorsichtig die Kernsäure entfernt und durch die liegende Hohlnadel das manipulierte Genom beider Eltern eingebracht. Dann ab mit dem Kern zurück in die Eizelle. Der neue Apeman ist geschaffen, die Zelle muss nur noch zwei bis drei Tage bebrütet werden und wird schließlich der Mutter in die Gebärmutter eingespült. Das findet natürlich wieder im OP statt, den ich ja schon kenne. Das Steuern der Mikroinstrumente ist tatsächlich einfacher, als ich es mir vorgestellt hatte, und ich konnte live miterleben, wie einem weiblichen Zellkern die DNA entzogen wurde. Die Mikrokanüle lag, es musste nur noch das veränderte Genom eingebracht werden. Das geschieht durch einen simplen

Knopfdruck. Den ich durchführen sollte. Eine besondere Ehre, eine Wertschätzung des neuen Teamkollegen, sagte Akuto, eine Feuertaufe, ein Zeichen des Einverständnisses, ein Initiationsritual, dachte ich. Nein, dachte ich weiter, bis jetzt bin ich Mitwisser einer absurden Monstrosität, unfreiwilliger Zeuge eines furchtbaren Experimentes unter Missachtung aller ethischen Bedenken. Auf keinen Fall wollte ich durch aktive Beteiligung zum Mittäter dieses Verbrechens werden. Und nein sagte ich auch. Es ist erstaunlich, wie sehr sich ein Gesichtsausdruck verändern kann, auch wenn man nur die Augen sieht. Sogar bei einem Prof. Akuto und seiner unbeweglichen Miene. Sollten die für japanische Verhältnisse offenen, erwartenden Augen bei seinem Angebot so etwas wie ein verstecktes Lächeln oder gar Freundlichkeit angedeutet haben, so verengten sie sich jetzt zu Schlitzen, aus denen aggressive Kälte hervorloderte. Stille legte sich für einen Moment über den ganzen Raum, bevor jeder wieder seiner Tätigkeit nachging. Die Führung war beendet, meine Weigerung wurde mit keinem Wort mehr erwähnt. Ich bekam einen USB-Stick mit Lehrbüchern und Atlanten der Gorillaanatomie im Neugeborenen- und Erwachsenenalter in die Hand gedrückt, mit denen ich mich den Rest des Nachmittags beschäftigen sollte. Außerdem einen Koffer mit Plastinaten. Tierische Körperwelten, die den OP-situs in verschiedenen Phasen einer Kehlkopfentfernung zeigten. Trotz meines Widerwillens gegen das gesamte Projekt vertiefte ich mich in die Anatomie der Affenkehlköpfe, grübelte über mögliche Operationsmethoden zur Adaptation menschlicher Kinderorgane und versank schließlich in meiner Fachwelt. Das „wie" hatte das „ob" verdrängt. Mit der klaren Erkenntnis, dass es möglich ist, kam ich wieder an die Oberfläche meines Tagesablaufes zurück. Ich hatte die Zeit zum Abendessen verpasst und erschien daher etwas gehetzt und deutlich verspätet zu meinem Treffen mit Dr. Keiken.

Miyu wartete in der Kantine bereits auf mich, hatte sich aber noch nichts zu essen geholt und zeigte auch keine Spur von Ungeduld. Ihren Kittel hatte sie gegen ein figurbetontes mittellanges schwarzes Kleid getauscht, mit ihren Absätzen war sie nun nur noch etwas kleiner als ich. Geschminkt hatte sie sich nicht, das tat ihrem hübschen Gesicht aber keinen Abbruch. Kein dunkelrotes Tuch, kein Namensschild mit Netsui-Emblem, keine Corporate Identity. Dies war ein Privattreffen. Trotzdem war unser Thema bei Tisch, nachdem wir uns etwas näher kennengelernt hatten, natürlich bald wieder bei dem hier laufenden

Experiment angekommen. Wir sind uns – ich hoffe, dass das auf Gegenseitigkeit beruht – sympathisch und das trug dazu bei, dass ich nicht mit meinen Vorbehalten hinter dem Berg hielt. Sie lächelte milde, zeigte aber Verständnis für meine Bedenken. Sie gab zu, dass es bei allen Entwicklungen auch immer das Risiko einer missbräuchlichen Nutzung gab, betonte aber, dass das einen insgesamt wichtigen Fortschritt nicht aufhalten dürfe. Und dieser Fortschritt, das, worum es hier ging, habe nichts mit Militarismus oder dem Ausnutzen einer neu geschaffenen Rasse zu tun. Im Gegenteil. Die Firma Netsui habe ebenso wie alle ihre Mitarbeiter einen außerordentlichen Respekt vor allen Rassen. Vor Menschen, aber auch vor Tieren. Die menschliche Attitüde, sich als Herrscher über alles andere auf der Welt zu betrachten, sei vielleicht gerade noch erträglich, aber die arrogante Grausamkeit, mit der wir Mitbewohner als

Nutztiere versklaven, sie als Attraktionen in Zoos einpferchen, als Versuchstiere quälen, um unnötige Kosmetika herstellen zu können, die ja nicht unserer Haut schaden sollen und ihr Fleisch essen, während ihre Haut zu Kleidung oder Taschen gegerbt wird , das sei alles andere als human. Die Rechtfertigung für alle diese Gräueltaten sei einfach, dass es sich nicht um Menschen, sondern Tiere handele. Obwohl biologisch eindeutig sei, dass der Mensch vielleicht ein weiterentwickeltes, aber eben doch ein Tier sei, werde die Behauptung aufgestellt, irgendwann in dieser Entwicklung habe es eine Stufe gegeben, bei der etwas qualitativ anderes entstanden sei. Logik, Ethik und Moral, Selbstreflexion, aber auch gedankliche Kommunikation solle es nur bei Menschen geben. Ihre Augen blitzten und sprühten, während sie voller Enthusiasmus ihre phantastischen Gedankengänge weiterentwickelte. Ein wenig sprunghaft schienen mir die Themenwechsel, aber während ich jetzt darüber nachdenke, waren sie doch sehr logisch. Wo immer in früheren Jahrhunderten Menschen- sie war rücksichtvoll genug um nicht Europäer zu sagen- weniger entwickelte Kulturen kennenge- lernt hätten, seien die Eingeborenen unterjocht, ausgenutzt und versklavt worden. Vor allem sei ihnen die Menschlichkeit abgesprochen worden. Als Tiere, höchstens Untermenschen, hätten sie gegolten und das hätte als Rechtfertigung genügt. Dabei handelte es sich ja um voll entwickelte Men- schen, deren intellektuelle und emotionale Fähig- keiten denen ihrer Eroberer in nichts nachstan- den, die eine andere Erziehung und Art von Bildung erfahren hatten und moralisch haushoch über den Sklavenhändlern und ihren selbsternannten Besit- zern standen. Nach hunderten von Jahren sei man sich dieser drastischen Fehleinschätzung be- wusst, was nicht heiße, dass es keinen Rassismus mehr gebe. Leider. Wie viel weniger Chancen auf Freiheit und ein ihnen angepasst würdiges Leben hätten da Affen, die eben nicht auf derselben Entwicklungsstufe stünden wie die Menschen. Wieder ein Sprung. Wenn man Entwicklung mal nicht in der Phylogenese sondern ontogenetisch betrachte, könne man Affen mit kleinen Kindern vergleichen. Ein Säugling habe keine hochstehenden Geistesfähigkeiten, kenne keine Moral, eigentlich nichts, was ihn vom Tier unterscheide. Trotzdem sei er als Mensch anerkannt. Natürlich. Und warum? Wegen seines Potentials, seiner Entwicklungsmöglichkeiten? Kaum. Denn auch ein geistig noch so stark behindertes Kind, sollte es auch unvermeidbar sein ganzes Leben absolut debil bleiben, sei ein Mensch. Klar. Weil es das Kind von Menschen sei. Der viel menschenartigere Affe aber eben nicht. Das sei ungerecht. Sie konnte kaum Luft holen, so sehr redete sie sich in

Schwung, so sehr trug ihre Begeisterung sie auf den Schwingen ihrer Gedanken dahin, eine Begeisterung, die ansteckend ist. Trotzdem muss ich wohl recht ungläubig geschaut haben, denn sie setzte schon wieder woanders an, um ihre Thesen zu untermauern. Intelligenz entwickle sich durch Sprache, sagte sie. Da ich ihr von dem Vergleich zwischen den Affen und Trisomie 21- Probanden erzählt hatte, setzte sie hier an. Kinder mit Down-Syndrom hätten meistens Probleme mit der Sprachentwicklung. Helfe man ihnen in der Spracherwerbsphase durch die Verständigung mittels Zeichensprache, entwickelten sie eine höhere Intelligenz als ohne diese Hilfe. Entwicklung brauche Kommunikation. Auch Gehörlosigkeit sei ein gutes Beispiel. Früher, als es noch keine Gebärdensprache gab, blieben Taubstumme unweigerlich in ihrer Entwicklung zurück. Auch heute noch sei ein rechtzeitiges Erkennen von Hörbehinderungen ein wichtiges Element für die normale Intelligenzentwicklung der betroffenen Personen. Andersherum laufe es hier bei der Entwicklung der Apemen. Dadurch, dass man ihnen nach einer kleinen Modifikation des Sprachzentrums menschliche Kehlköpfe einsetze und sie sprechen lernen würden, könne die intellektuelle Entwicklung verbessert, ja eigentlich erst ermöglicht werden. Wer weiß, wie nahe sie einer noch als normal eingestuften menschlichen Intelligenz dann kommen könnten. Mir schwirrte der Kopf. Ich wand ein, dass das, was für Affen gelte, ja dann auch für Delphine gelten müsse. Schweine sollen ein Genom haben, das dem menschlichen sehr ähnele. Mein Einwand war kein Einwand. Genau so sei es, und daher dürfe es auch keine Tierversuche geben, keinen tierrassenabhängigen Kannibalismus. Aber wo waren die Grenzen? Man kann doch nicht jeder Qualle sanft über das Ektoderm streicheln, weil sie zumindest in ihrer Medusenform ein Tier ist. Ja, das mit den Grenzen sei eine Schwierigkeit, auch wenn ein gewisser Respekt auch vor der niedrigsten Kreatur immer richtig sei. Aber der Prozess, den man hier in Gang setzen wolle, würde sich natürlich auch über Jahrhunderte hinweg entwickeln, irgendwann müsse man aber beginnen, und das sei jetzt. Natürlich würde es Proteste geben, kein Mensch erwarte, dass die ganze Menschheit über Nacht zu Vegetariern werde, aber die Affen seien auf jeden Fall der erste Schritt in Richtung auf ein neues Selbstverständnis der Menschen. Als Teil der Schöpfung, in und nicht außerhalb der Natur. Jetzt endlich hörte sie auf zu sprechen, erschöpft wirkte sie, unsicher, hoffnungsvoll, ängstlich, nicht überzeugt von sich selbst, aber überzeugt von ihrer Meinung, aufrichtig, im Reinen mit sich selbst.

Gerne hätte ich noch ein wenig oder eigentlich eher ewig mit ihr über andere Dinge gesprochen. Über unsere verschiedenen Länder, unsere Kultur und Erziehung, unsere Familien, unsere Freunde, über uns. Aber es war spät geworden und beide waren wir müde. Morgen werden wir uns im OP wiedersehen. Ich habe heute ja den halben Nachmittag mit dem Ausklügeln von Operationstechniken verbracht. Im Kühlhaus des Instituts gibt es Leichen von Junggorillas und einige post mortem entnommene avitale menschliche Kinderkehlköpfe. Vielleicht werden wir das eine oder andere ausprobieren und eventuell sogar eine Transplantation simulieren. Obwohl ich mir noch nicht sicher bin, dass es richtig ist, was wir hier tun, so sind doch meine Bedenken hinsichtlich der Interessen von Netsui zumindest für den Moment zerstreut. Ob allerdings auch die besten Absichten die genetische Manipulation mit menschlicher DNA am Affen rechtfertigt, wage ich zu bezweifeln. Trotzdem tut es mir leid, dass ich vielleicht etwas vorschnell Ernst über die Lage informiert habe. Ich habe mich nicht getraut, Miyu davon zu erzählen, schließlich weiß ich ja auch gar nicht, wessen Handy ich da benutzt habe. Ein schlechtes Gewissen habe ich allemal, aber das hätte ich auch, wenn ich nichts unternommen hätte. Vielleicht vertraue ich mich Miyu ja morgen doch noch an und versuche Ernst per Telefon zu erreichen, um ihn zu bewegen, nichts zu unternehmen. Hoffentlich ist es nicht zu spät.

Sie kamen am nächsten Morgen. Professor Kanter saß noch am Frühstückstisch und schlürfte seine Miso-Suppe. Mit einem Mal flog die Kantinentür auf und eine Wolke von blau uniformierten Polizisten verteilte sich im Raum. Sie schienen genau zu wissen, wen sie suchten, denn nachdem sich zwei Gesetzeshüter rechts und links von ihm postiert hatten, zog das gesamte Gewimmel durch die andere Tür wieder ab, ohne die frühstückenden Institutsmitarbeiter weiter zu belästigen. Allerdings hatten sie einiges in den Raum gerufen, beinahe nur laut gesprochen, worauf ein vielfältiges „hai" als Antwort kam. Hai bedeutete Ja und da sich auch diejenigen, die fertig gegessen hatten nicht erhoben, nahm er an, dass alle zum Bleiben aufgefordert worden waren. Es war natürlich absurd, dass ausgerechnet er bewacht wurde. Nicht nur dass er gar nichts mit dem Institut zu tun hatte, vor allem war er vermutlich der einzige, der gar nicht hätte fliehen können, selbst wenn er es gewollt hätte. Wohin denn auch? Zu Fuß ohne eine Spur von Ortskenntnis in einem Land, dessen Sprache er nicht verstand, nicht einmal lesen konnte. Ohne Sprache war man hilflos. Er konnte nicht einmal seine beiden Wachen fragen, was hier passierte und vor allem, was man mit ihm vorhatte. Wahrscheinlich hätten sie ihm aber ohnehin nicht geantwortet. Zu starr und emotionslos waren ihre Gesichter. Sie würden stur ihrer Order folgen, und die war offensichtlich nicht, mit ihm zu sprechen. Ein bisschen sahen sie aus wie Professor Akuto, militärisch exakt. Man ließ ihm eine volle Stunde Zeit, um sich stumme Sorgen zu machen. Wie war das möglich? Seine Nachricht konnte Ernst erst gestern Nachmittag erreicht haben und jetzt war es in Deutschland noch finstere Nacht. So schnell konnten doch unmöglich deutsche Behörden informiert, der Sachverhalt nach Japan übermittelt und dann auch noch ein derart riesiger Polizeieinsatz geplant worden sein. Ganz zu schweigen von der fraglichen Glaubwürdigkeit eines per Mail versandten Tagebuches im Verhältnis zur Reputation einer angesehenen Weltfirma wie Netsui Enterprises, die allein dem Japanischen Staat jährlich vermutlich hunderte von Millionen an Steuern einbrachte. Nein, er konnte unmöglich schuld an dieser Razzia sein! Sein schlechtes Gewissen ließ sich nicht beruhigen.

Dann kam zwar mit strengem Schritt aber mit freund-
lichem Gesicht ein weiterer Beamter auf ihn zu. „Professor Kanter? Superintendent Rioshi möchte Sie
nun sprechen. Wenn Sie bitte so freundlich sein würden, mir folgen zu wollen?"" Er wurde in Doktor Bosus Büro geleitet, hinter dessen Schreibtisch ein fül-
liger Japaner mit leicht angegrautem Haar saß. Der
Superintendent trug ein dunkelgraues Jackett mit
Stehkragen, darunter ein kragenloses weißes Hemd.
Dass er auf eine Krawatte verzichten konnte, war
wohl ein Zeichen seiner hohen Stellung. Ohne sich
zu erheben deutete er wortlos auf den unbequemen
Stuhl. Ja, jetzt fühlte sich der Professor wie auf einem Armesünderbänkchen. Nach einem kurzen Moment des stillen gegenseitigen Musterns fragte der
Polizist ohne Einleitung, ohne sich vorzustellen: „Sie
wissen, dass in diesem Institut verbotene gentechni-
sche Experimente durchgeführt werden?" – „Ja, das
weiß ich. Ich habe allerdings…" Der befehlsge-
wohnte Beamte fegte mit einer barschen Bewegung
seiner Hand den Rest des Satzes aus dem Raum.
„Natürlich wussten Sie nicht, was Sie hier erwartet,

als Sie aus Deutschland angereist sind." Diesmal war es an Kanter, nur mit einer Geste zu antworten. Ein kleines kurzes Nicken. „Sie haben sich hier auch in keiner Weise an den Experimenten beteiligt." – „Nein, ich habe sogar…" er zögerte. Die Sache mit der Mail wollte er doch lieber als Trumpf für seine Verteidigung zurückhalten, wenn sie denn nicht der Anlass für die ganze Aktion gewesen war. Und das war ja dann doch wirklich allerhöchst unwahrscheinlich. „Verzeihen Sie, wenn ich das frage, aber wie haben Sie, wie hat die Polizei eigentlich von diesen Versuchen erfahren?" Ein zufriedenes Grinsen ließ das Gesicht seines Gegenübers noch etwas breiter erscheinen. „Wir ermitteln schon eine Weile wegen verbotener Genmanipulationen gegen Netsui. Vor kurzem ist es uns jedoch gelungen, einen, sagen wir, verdeckten Ermittler hier im Institut einzuschleusen. Ich glaube, Sie haben sich bereits kennengelernt." Er deutete schräg hinter Kanter, in die Ecke des Raumes, die man von der Tür aus nicht recht sehen konnte. Der Professor drehte sich um. „Es war eine gute Idee von Ihnen, den Knopf nicht zu drücken", sagte Professor Akuto.

„Die ganze Sache ist etwas delikat", setzte Rioshi seine Erläuterungen fort. „Netsui Enterprises ist ein enorm großes Unternehmen, ein wichtiger Arbeitgeber, ein guter Steuerzahler und vor allem ein Symbol für die Innovationskraft japanischer Unternehmen und die Überlegenheit der japanischen Wissenschaft. Wir Japaner, müssen Sie wissen, sind ein stolzes Volk. Deshalb ist die Angelegenheit so schwierig und deshalb haben diese Experimente- das ist äußerst wichtig- deshalb haben diese Experimente nie stattgefunden." Kanter blieb sprachlos. „Wir werden Sie noch heute in ein Flugzeug zurück nach Deutschland setzen. Sie bekommen ihr vereinbartes Gehalt in vier, sagen wir drei Monaten überwiesen. Allerdings nur, wenn niemand etwas von diesen Vorgängen erfährt. Dies ist übrigens auch in Ihrem eigenen Interesse. Denken Sie an Ihre wissenschaftliche Reputation. Wenn man Ihnen vorwerfen sollte an unethischen Genmanipulationen teilgenommen zu haben, ist es aus mit Ihrer Karriere. Nun, dazu könnte es natürlich nur kommen, wenn Sie irgendjemandem davon erzählen würden, was Sie sicherlich unterlassen werden. Andernfalls wäre es natürlich unsere Sache, Form und Umfang Ihrer Beteiligung angemessen darzustellen." Rioshis Gesicht nahm den Ausdruck unendlicher Freundlichkeit an. Kanter atmete tief ein und aus. Ihm wurde auf einmal flau, die Füße fühlten sich blutschwer an, Blut, das aus seinem Kopf herabzusinken schien. Die Mail! Die verfluchte Mail! Jetzt bloß nichts anmerken lassen, sonst würde er womöglich heute nicht im Flieger nach Hause sitzen, und im schlimmsten Falle gar in einem japanischen Gefängnis vergammeln. „Und die Mitarbeiter?" fragte er, um sein Gehirn wieder in Gang zu bekommen. „Was passiert mit den Mitarbeitern?" Ja, was würde mit Miyu geschehen? Besorgnis. „Nun ja, die untergeordneten Angestellten können wir kaum zur Rechenschaft ziehen, sie haben nur Befehle befolgt. Natürlich wird ihnen strenges Schweigen auferlegt – bei Androhung von Gefängnisstrafe." – „Und die Wissenschaftler? Das Management? ... Die Chirurgen? Was geschieht mit ihnen?" – „Hm, nun wir gehen davon aus, dass sie, sagen wir, etwas fehlgeleitet waren, aber immerhin glaubten, das Gesetz für eine gute Sache zu brechen. Wir wollen auch keine Prozesse oder Verurteilungen. Keine Öffentlichkeit. Man wird sie vermutlich für einige Monate, sagen wir, unter Quarantäne stellen. Danach, wenn alle Anlagen und Unterlagen vernichtet sind, und diese beweislosen Experimente nie existiert haben, sollten sie sich ein anderes Arbeitsfeld suchen. Auf jeden Fall nicht in der Genetik, wahrscheinlich nicht bei Netsui und vielleicht nicht in Japan. Machen Sie sich keine Sorgen um ihre Kollegen!" Der Professor atmete auf. Er wollte noch einmal beruhigt bekräftigend nicken, stockte jedoch in der Bewegung. „Aber, wenn diese Versuche nie stattgefunden haben, was wird dann aus...?" – „Was aus den Versuchstieren wird, den Genaffen?" Kanter ärgerte sich über die despektierlichen Bezeichnungen für die Apemen. „Nun, wir können sie natürlich nicht in die Freiheit entlassen, oder sie in Zoos unterbringen. Wir sind uns aber sicher, dass Netsui Enterprises uns eine, sagen wir, eliminationsfreie Lösung finanzieren wird." Der Superintendent erhob sich aus seinem Sessel. Mit einem „Ich denke, wir werden nicht mehr voneinander hören, oder?" reichte er dem deutschen

Wissenschaftler mit dem breitesten Grinsen Japans die Hand. Kanter ergriff sie über den spartanischen Schreibtisch hinweg mit einem vielleicht eine Spur zu festen Druck. „Nein, ich denke nicht!" Er hatte lange genug auf dem unbequemen Stuhl gesessen.

Es war bereits früher Abend, als Professor Kanter seine Wohnung betrat. Nur ein paar Tage war er weg gewesen, aber alles wirkte fremd. So normal. Hatte sein Zuhause gar nichts mitbekommen von den aufregenden Erfahrungen, zerrissenen Gedanken und umwälzenden Möglichkeiten der letzten hundert Stunden? Nein, natürlich nicht. Hier war alles gleichgeblieben, er war es, der sich verändert hatte und nun fremd war in seinem eigenen Heim. Er machte sich nur kurz frisch, griff Auto- und Dienstschlüssel und war in einer halben Stunde im Krankenhaus. Ein kurzes freundliches Nicken zum Pförtner, zwei Treppen und schon stand er in seinem Sekretariat. Es diente als Vorzimmer für Chef- und Oberarzt, was bedeutete, dass Ernsts Büro ebenfalls von hier aus

erreichbar war, wenn man seinen Schlüssel hatte. O-
der einen Generalschlüssel, wie es für einen Chefarzt selbstverständlich war. Ihre Passwörter hatten
sie schon vor langer Zeit ausgetauscht- das war
manchmal für Vertretungen sinnvoll und jetzt natürlich enorm praktisch. Einen Knopfdruck, ein paar
Klicks und einige Tastenanschläge später war er im
E-mail-Account seines Oberarztes. Keine ungelese-
nen Nachrichten. Das hatte er auch nicht erwartet.
Schnell scannte er den Posteingang. Alles gewöhnli-
che Mails, wie er sie selbst auch in seinem Postfach
hatte. Sollte Ernst seine Botschaft gelöscht haben?
Der Papierkorb war leer. Aber wenigstens reagiert
müsste er doch haben, sich mit dem Ethikrat in Verbindung gesetzt haben. „Gesendete Objekte": nichts!
Dann gab es eigentlich nur zwei Möglichkeiten: er
könnte die Mail und den Anhang ausgedruckt haben,
bevor er sie gelöscht hatte, und dann den persönli-
chen Kontakt zu den Kollegen gesucht haben. Aber
wieso hätte er sie löschen sollen? Oder die Mail hatte
ihn gar nicht erreicht, weil die Adresse nicht stimmte.
Professor Kanter stöhnte leise auf. Wie leicht konnte
er sich in der Eile vertippt haben. Möglicherweise

hatte dann irgendein anderer Kollege des Uniklinikums seine Mail bekommen. Wie sollte er den finden? Im günstigsten Fall wäre sie aber als nicht zustellbar zurückgekommen. Er stellte sich einen von Junkmails genervten Japaner vor, der die Rückmeldung über eine Mail, die er gar nicht verschickt hatte ärgerlich als Spam abtat und mit wütendem Tastendruck in den Papierkorb schickte. War das wahrscheinlich? Kanter fasste sich nachdenklich ans Kinn. Aber halt! Ein Klick auf den Spamordner und da war sie: Eine Mail von haitatsuin@netsui.co.jp. Kein Wunder, dass der Computer diese Adresse als potentiell bedrohlich eingestuft und seine Botschaft daher automatisch in den Spamordner verschoben hatte. Mit einem Mal war alles ganz einfach. Löschen, Papierkorb leeren, Problem gelöst. Alles war gut! Niemand in Deutschland hatte oder würde von dem unseligen Experiment erfahren. Superintendent Rioshi würde ihn in Frieden lassen, seine Karriere war gerettet. Aber auch die Ärzte und Wissenschaftler in Mishima, die nicht einmal gewusst hatten, dass da ein Damoklesschwert über ihren Häuptern schwebte. Ihre Zukunft sah nun ebenfalls weniger finster aus. Stellvertretend für das ganze Team atmete er erleichtert auf. Vor allem an Miyu musste er denken. Würde er sie je wiedersehen?

Sie standen am Zaun des großen Freigeheges und beobachteten die Gorillas. „Irgendwie ist das unheimlich", bemerkte Carla. „Sie benehmen sich beinahe wie Menschen. Und sie schauen einen an, als wollten sie einem irgendetwas sagen. Das wäre toll, wenn sie sprechen könnten! Wer weiß, was sie uns alles erzählen würden!" – „Ja", seufzte Onkel Karl, „das wäre toll. Unheimlich toll!"

Zeitfracht Medien GmbH
Ferdinand-Jühlke-Straße 7
99095 Erfurt, Deutschland
produktsicherheit@kolibri360.de